A. D'AUGFROLLES

SOUVENIRS D'ASNIÈRES

MADEMOISELLE DE FONTANGES

ROMAN D'AMOUR

PARIS

LIBRAIRIE NOUVELLE

15, BOULEVARD DES ITALIENS, EN FACE LA MAISON DORÉE.

1852

SOUVENIRS

D'ASNIÈRES

PARIS. — TYP. SIMON RAÇON ET Cᵉ, RUE D'ERFURTH, 1.

A. D'AUGEROLLES

SOUVENIRS
D'ASNIÈRES

MADEMOISELLE DE FONTANGES

ROMAN D'AMOUR

PARIS
LIBRAIRIE NOUVELLE
15 — BOULEVARD DES ITALIENS — 15
En face la Maison-Dorée

MDCCCLII

Ami lecteur, soyez le bienvenu; — vous venez d'acheter mon livre, vous avez bien fait, et je vous en remercie. Après tout mon livre en vaut un autre, et j'espère que vous ne regretterez pas trop votre argent.

Je dois cependant, en conscience, vous avertir d'une chose avant que vous ne coupiez le premier feuillet :— si vous êtes de ceux qui aiment les romans lugubres, les péripéties et les trames, de ceux qu'attirent les monstruosités ou qui recherchent le romanesque et le merveilleux, — rengaînez bien vite votre argent, vous n'avez que faire de mon histoire. — J'écris comme je peux, et le moins mal possible, suivant mon sentiment, sans grandes préoccupations dramatiques. Mon histoire est assez triste; elle est simple comme bonjour, et elle courra grand risque de vous paraître fade, si vous êtes suffisamment corrompu. — Tant pis pour vous, en ce cas; mais, je l'avoue, en toute humilité, les lauriers de certains romanciers de ce temps n'ont jamais troublé mon sommeil, et je ne me sens nulle envie d'écrire vingt volumes de noirceurs, de perfidies ou de méchancetés.

1

Je serais d'ailleurs, je crois, fort malhabile à de tels récits.

Voici comment m'est venue l'idée de ce livre :

Un matin de mai dernier, une giboulée me surprit sous les saules qui bordent la Seine, à Asnières, et me força à chercher un abri dans le château que j'apercevais à demi caché dans les arbres. Ce château se trouvant être un restaurant, je me mis à déjeuner pour attendre la fin de la pluie.

Pendant que je mangeais, mon œil charmé contemplait de jolis petits trumeaux en grisailles, encadrant les portes et les glaces, de petits amours libertins et rebondis, où suivait, dans ses caprices, la frise tourmentée et rococo du plafond. De haut en bas, les moindres rainures étaient recouvertes d'une feuille d'or vieilli, mais encore bien conservée et d'un ton très-doux. Les fenêtres larges et élégantes, armées d'espagnolettes dorées et bizarrement contournées, s'ouvraient sur un perron de trois à quatre marches, et laissaient entrevoir des allées ombreuses et des pelouses vertes. Tout était harmonieux dans ce salon, jusqu'aux serrures des portes, à peu près dédorées et d'un travail curieux, et, sans une pendule d'un goût moderne et criard, placée sur la large cheminée, et la malheureuse rangée de tables d'un restaurant à la mode, on eût pu se croire dans un coin perdu de Trianon ou de Chantilly.

Je me souvins alors que les affiches du bal d'Asnières portaient orgueilleusement à leur tête ces mots : *Ancien domaine de Louis XIV*, et ma curiosité s'éveilla.

Le garçon qui me servait, ne sachant que répondre à mes questions, appela son maître, qui se mit aussitôt à ma disposition avec une rare obligeance.

J'appris de lui que le château avait été construit par Mansard, pour mademoiselle de Fontanges, maîtresse de Louis XIV, laquelle était morte à vingt ans, après trois années d'une de ces royautés équivoques que le grand roi imposait à son siècle.

Singulièrement intéressé par ces détails, je fis du château, du parc et de la laiterie, une visite des plus minutieuses, et, la pluie ayant cessé, je repris le chemin de Paris, rêvant, malgré moi, de cette jeune fille blonde, de ce roi et de ce château d'Asnières, dont je devinais les secrets et reconstruisais l'histoire.

Je courus à la Bibliothèque nationale chercher de nouveaux détails. La *Biographie universelle* de Michaud en savait à peu près autant que mon maître d'hôtel, sauf quelques dates précises en plus. Dans le *Dictionnaire de la Conversation*, je retrouvai, comme de raison, la même notice, à deux ou trois phrases près ; même résultat pour le *Répertoire universel des Femmes célèbres*, et ainsi de suite, jusqu'aux *Mémoires sur les reines et régentes de France*, où je découvris la notice-mère des précédentes, qu'on avait simplement tronquée çà et là.

Les *Mémoires pour servir à l'Histoire de Louis XIV*, de l'abbé de Choisy, ceux du duc de Saint-Simon, de madame de Montespan et de madame de Maintenon me fournirent des matériaux considérables ; mais où je découvris le plus de richesses, ce fut dans les auteurs inconnus, de la *France galante*, les *Amours des dames illustres de France*, et l'*Histoire amoureuse de la Cour sous le règne du grand Alcandre* (Louis XIV).

Je fus moins heureux pour le château d'Asnières. Nulle part je n'ai trouvé une date précise, et il n'en est fait mention ni dans les *Châteaux et résidences royales*, ni dans la nomenclature de l'*Œuvre de Mansard ;* mais la tradition est plus vivante que l'histoire, et peu lui importe les preuves à l'appui, voire même les contradictions.

Petit à petit mon histoire se complétait.

Un jour je me mis à l'écrire, sans trop savoir encore quelle forme je devais lui donner.

Des éditeurs hardis ont voulu, à toute force, faire un livre de ces quelques pages.

Ont-ils eu tort? ont-ils eu raison?

Ce n'est ni mon affaire ni ma faute, ami lecteur; je m'embarque à la garde de Dieu, sans grand souci du reste, et vous prie très-humblement d'excuser les fautes de votre tout dévoué serviteur.

SOUVENIRS D'ASNIÈRES.

MADEMOISELLE DE FONTANGES.

EN AUVERGNE.

I

Le château de Scorailles, citadelle vraiment imprenable au quinzième siècle, n'est plus aujourd'hui qu'une ruine imposante et pittoresque, que le touriste n'a garde d'oublier en visitant l'ancienne Auvergne.

A l'époque où commence cette histoire, c'est-à-dire en 1678, la vieille forteresse féodale, à demi démantelée par les guerres civiles, avait déjà perdu son aspect formidable ; plus de la moitié des bâtiments étaient écroulés, et l'herbe poussait librement dans les cours encombrées de débris.

1.

La seule partie du château à peu près habitable était l'aile gauche. Assise sur un roc abrupte et escarpé, elle n'avait pu être entamée par la mine qui fit sauter la partie droite pendant les guerres de la Ligue; ses remparts mutilés en vingt endroits étaient encore très-solides, et les canons de campagne de la Fronde n'avaient rien pu contre eux. C'était là que vivait pauvrement, dans un isolement presque complet, entre sa femme, sa fille et quelques serviteurs fidèles, un vieux ligueur longtemps redouté, jadis maître tout-puissant de la province, le comte Jean Rigaud de Scorailles, seigneur de Roussille et autres lieux.

Le comte supportait sa pauvreté avec une grande dignité. Vieux et infirme, après trente ans de luttes et de désastres, jamais on ne l'entendit se plaindre de M. le prince de Condé, dont il avait embrassé le parti, et au service duquel il avait parachevé sa ruine. Seulement, quand le soir le vieillard montait sur sa terrasse crénelée, et jetait les yeux sur les débris qui l'entouraient, son cœur se serrait visiblement; il laissait retomber sa tête sur sa poitrine et continuait sa triste promenade dans un silence que nul n'osait interrompre.

De son mariage avec Aimée-Léonor de Plas, le comte n'avait eu qu'une fille, Marie-Angélique, à ce moment à peine âgée de seize ans, seule consolation du vieux ligueur, qui voyait amèrement sa forte race s'éteindre avec lui.

Marie était l'orgueil de son père, et c'était justice. Il était en effet impossible de rencontrer une personne plus complétement et surtout plus harmonieusement belle. D'une taille riche et noble, on devinait, malgré la simplicité de ses ajustements, avec quelle aisance elle eût porté les plus riches étoffes. Son visage, de l'ovale le plus pur, avait cet éclat transparent que Titien donne à ses Vénitiennes; ses yeux, d'un bleu pâle, à demi voilés d'habitude, et toujours humides, étaient pleins d'une langueur et d'une douceur infinies, quand ils ne s'illuminaient pas sous une impression de fierté ou de colère intérieures. Son nez, droit et mince, légèrement épanoui vers les narines transparentes et rosées, s'attachait finement à des lèvres vives et du plus beau sang, laissant entrevoir une double rangée de dents éclatantes et admirablement plantées; une petite fossette, vivement indiquée sous la lèvre inférieure, donnait à cette physionomie régulière un air de mutinerie charmante et singulière. Sa chevelure blonde, abondante et longue d'une aune, avait des reflets dorés, si ardents par moments, qu'on eût pu la croire vraiment rousse, ce qui venait sans doute de sa vie libre, en plein soleil, dans les montagnes.

Marie était bien loin d'avoir reçu ce qu'on est convenu d'appeler une éducation brillante; le comte de Scorailles, venu au monde et élevé en des temps de troubles, avait plus de *vaillance que de science*. C'est à peine si le bon gentilhomme pouvait convenablement signer son nom. Madame

Léonor, de son côté, ne savait guère lire que dans ses livres familiers, livres de piété ou de cheva-lerie, pour la plupart, tant de fois lus et relus, qu'elle les savait presque par cœur. Marie aurait donc couru grand risque d'arriver à vingt ans aussi complétement ignorante qu'elle était complète-ment belle, si, par bonheur, un digne chapelain du voisinage, qui venait quelquefois dire la messe basse au château, n'eût été frappé de la merveil-leuse intelligence de la petite fille, et ne se fût empressé de lui apprendre le peu qu'il savait lui-même d'histoire, de rhétorique et de poésie.

En revanche, la vie libre avait développé en elle de grandes qualités physiques et morales. Malgré son apparence délicate, Marie était dure à la fatigue, supportait la faim et la soif *comme un homme*, montait à cheval mieux qu'une cen-tauresse, n'avait jamais eu peur de rien, et, dans les grandes chasses auxquelles elle prenait part, tenait tête aux plus hardis et aux plus habiles. Elle aimait tous les exercices violents et s'y était adonnée de bonne heure. Dans les premiers temps, un écuyer du comte, presque aussi vieux que son maître, l'accompagnait dans ses longues courses à travers les rochers, les ravines et les bois; mais bientôt le vieillard s'était lassé, et Marie avait fini par sortir seule, suivie seulement de deux grands lévriers favoris. Elle allait alors, suivant sa fan-taisie, protégée par sa pureté farouche, et si res-pectée à deux lieues à la ronde, que, d'un com-

mun accord, les pauvres paysans du pays l'avaient
surnommée la *Brave demoiselle*, autant par ad-
miration que par reconnaissance. — Aujourd'hui
encore, dans les longues veillées d'hiver, malgré
la destruction du château, l'extinction de la race,
les révolutions accomplies et l'oubli même de son
nom, la *Brave demoiselle* revient dans les récits
légendaires comme un prototype de courage,
d'audace et d'inépuisable charité.

Nonobstant l'isolement dans lequel vivait le
vieux comte, la réputation de Marie-Angélique
s'était bien vite étendue. Elle n'avait pas encore
quinze ans, que déjà vingt fois elle avait été de-
mandée en mariage par des gentilshommes du
canton. — Quand son père lui faisait part de ces
propositions, Marie se mettait gaiement à rire,
et, dans son innocence malicieuse :

— Pourquoi voulez-vous me marier, mon père ?
disait-elle en caressant les cheveux du vieillard.
— Qu'ai-je à faire d'un homme pour être heureuse ? Qui m'aimera comme vous m'aimez ? et
pourquoi en aimerai-je un autre plus que vous ?

— Mais, mon enfant, disait le comte en la regardant avec attendrissement, je ne serai pas
toujours près de toi... je suis vieux et je puis
mourir un jour ou l'autre... alors...

— Alors il sera toujours temps ; non, mon
père, ajouta-t-elle d'une voix câline, — ne me
parlez plus de cela, — je vous en prie, — vous
me faites trop de peine. Et elle couvrait les yeux,

le front et les cheveux blancs de son père de petits baisers précipités qui ne permettaient plus
au vieillard de répondre.

Le comte et la comtesse avaient fini par la
laisser tranquille et ne plus parler de rien.

— Cela viendra tout seul, à son heure, avait
dit la comtesse, — pourvu seulement qu'elle
choisisse un brave et bon gentilhomme ! — C'est
tout ce que je demande à Dieu !

Un matin, vers les derniers jours d'avril, Marie-Angélique sortit du château de meilleure heure
que d'habitude, et, malgré la rude difficulté d'une
descente presque à pic, lança sa jument à toute
bride du côté de la forêt d'Aigueperse.

L'air était vif, la rosée abondante, et des bouffées de vent froid venaient de temps en temps
lui *couper la figure*, mais à peine y prenait-elle
garde. Une émotion particulière animait ses joues,
et son impatience d'arriver était telle, qu'elle dé-
chirait de l'éperon les flancs de sa bête docile.

Les lévriers allaient joyeusement en avant.

Elle courut ainsi comme une folle pendant
près d'une heure, franchissant les fossés et les
haies vives, escaladant les montées rocailleuses,
descendant les collines, jusqu'à ce qu'elle fût
arrivée à une sorte de plate-forme naturelle, d'où la
vue embrassait largement cinq à six lieues de pays.

Elle arrêta brusquement sa jument haletante,
et regarda, penchée sur sa selle, le merveilleux
paysage qui se déroulait à ses pieds.

Le Luzon, grossi par la fonte des neiges, roulait avec fracas dans son lit resserré. Sur la rive opposée, un bois taillis s'étendait à perte de vue, entourant en quelque sorte le château et le petit village d'Aigueperse d'une verte ceinture. A l'horizon, et faiblement estompées, les lignes bleues du Puy-de-Dôme se confondaient avec le ciel bleu et sans nuages. — Marie se laissa aller peu à peu à une rêverie douce et vague.

A quoi pensait-elle? personne n'aurait pu le dire; seulement son œil ne quittait pas la forêt, et elle était en proie à une préoccupation évidente. Tout d'un coup elle tressaillit et releva vivement la tête.

Des aboiements lointains venaient de se faire entendre, mêlés à des fanfares de chasse. Les lévriers s'arrêtèrent l'oreille droite, humant l'air, frissonnants et inquiets.

Bientôt le bruit se rapprocha, et un vieux cerf lancé à outrance déboucha du bois taillis et se précipita dans le torrent qui coupait en deux la vallée.

Presque au même moment la meute parut, suivie de près par un jeune homme, tête nue, cheveux au vent, couché en quelque sorte sur son cheval et le pressant avec une ardeur extrême.

Le torrent bouillonnait en écumant; les chiens hésitèrent et s'assemblèrent en aboyant sur le bord.

— En avant! en avant! cria le cavalier en lançant son cheval à la nage.

La meute le suivit, et il gagna la rive opposée,

blanc d'écume et mouillé jusqu'à la poitrine.

Le cerf était hors d'atteinte.

Les chiens, refroidis par le bain qu'ils venaient de prendre, quêtaient faiblement la piste; — impatient et irrité, le jeune homme les réveillait à grands coups de cravache, et les excitait de la voix.

Marie suivait avidement des yeux ce spectacle. — Une idée soudaine lui vint : le cerf, à bout de force, se dirigeait de son côté ; elle enfonça les éperons dans le ventre de sa bête, et s'élança avec une rapidité terrible couper l'avance au pauvre animal. Le cerf, épouvanté, rebroussa brusquement chemin, et, talonné par les lévriers, vint donner en plein au milieu de la meute.

A sa vue, les chiens reprirent toute leur ardeur et s'élancèrent avec furie : le noble animal, se voyant perdu, s'accula à un chêne énorme, et fit tête à ses ennemis, en bramant lamentablement.

En ce moment Marie arrivait, mais avec une impétuosité telle, que, malgré sa main exercée, elle ne put empêcher sa monture de dépasser de beaucoup le théâtre de la dernière lutte.

Quand elle revint, le jeune homme, descendu de cheval, avait déjà fendu le ventre du vaincu et livré ses entrailles aux chiens irrités.

— Sonnez donc le hallali, monsieur d'Aigueperse! dit Marie, rouge de plaisir; — la bête en vaut la peine!

— Tout l'honneur est pour vous, répondit M. d'Aigueperse, en s'humiliant galamment; —

car, sans votre intervention miraculeuse, le vieux retors nous échappait.

— Eh bien, passez-moi votre cor ! dit-elle.

Et, avec la vigueur d'un piqueur émérite, elle donna hardiment la glorieuse fanfare.

Les chasseurs accoururent de tous côtés.

— Adieu, mon cousin, dit Marie en relançant son cheval à toute bride. — Bonne chasse !

Et elle disparut comme l'éclair.

M. d'Aigueperse n'essaya même pas de la suivre ; il connaissait de longue date *la Brave demoiselle*, et savait qu'il ne fallait jamais se mettre au travers de ses caprices.

II

AU CHATEAU DE SCORAILLES.

Le soir même de ce jour, le chevalier Raoul d'Aigueperse vint au château de Scorailles apporter un quartier de cerf, ce qui pouvait passer pour un prétexte de visite fort suffisant.

Au moment où il entra dans la salle à manger, le vieux comte, enseveli dans un grand fauteuil revêtu de cuir, écoutait la lecture d'un chapitre de *Cyrus*, roman nouveau de mademoiselle de Scudéry, apporté par M. d'Aiguillon à son dernier voyage en Auvergne. Marie suspendit sa lecture à la vue de Raoul, et déposa le livre sur la table en rougissant légèrement.

— Arrive ici, grand chasseur, dit le comte après les premiers compliments. — Tu as donc juré de dépeupler le pays?

— Monsieur mon oncle, répondit Raoul, je n'en tuerai jamais autant que vous.

— Bon... bon! Tu as du temps devant toi, mon garçon. Pour nous autres, la chasse n'était qu'un amusement passager, dans les rares moments de trèves que nous laissait la guerre; mais, aujourd'hui!... Autres temps, autres mœurs! ajouta-t-il en soupirant. — Combien as-tu de chiens, à cette heure?

— J'ai huit chiens courants, quatre bassets et quatre lévriers, mon oncle.

— En tout, seize?... C'est fort joli. — Ils sont bien dressés, tes chiens! je les ai vus l'autre jour, de ma terrasse, forcer un renard près de l'étang... Ah! les enragés! quels cris!

— Vous les avez vus? dit Raoul l'œil brillant de plaisir... C'est pourtant bien loin...

— Oh! reprit le comte en se redressant, je n'ai plus de jambes, mais les yeux sont encore bons, Dieu merci!... Ça m'a réjoui le cœur de voir cette curée!...

— Quand vous voudrez, dit Raoul, je vous donnerai cette fête, sous les murs même du château.

— Merci, mon garçon, merci !... Et, à propos, où as-tu forcé ton cerf d'aujourd'hui ?

— Près du torrent de Luzon, à la lisière d'Aigueperse ; une bête superbe. — Mais, sans ma cousine, il était perdu pour nous.

— Comment cela ? Marie-Angélique était donc de cette chasse ? demanda le comte en les regardant alternativement, non sans quelque surprise.

Raoul rougit sans savoir pourquoi, et jetant à la dérobée un regard à la jeune fille qui baissa les yeux de son côté :

— J'ai fait une sottise ! — pensa-t-il ; — mais elle est faite maintenant.

Et il raconta brièvement l'épisode de la matinée.

Le comte l'écouta sans l'interrompre.

— Voilà un hasard fort heureux, dit-il quand Raoul eut achevé son récit. — Tu nous devais, certes, ce quartier de cerf, chevalier ! — Je ne t'en remercie pas moins d'avoir pensé à nous. — Holà ! Germain ! apportez ici un pot de vin de Saône et que nous trinquions à la santé du roi !

Quand on eut bu un coup ou deux, le vieillard reprit :

— Et toi, chevalier, — que vas-tu faire, maintenant que te voilà un homme ?

— Je n'en sais rien, mon oncle, dit Raoul.

— Tu ne peux pas, cependant, passer ta vie à chasser le loup ?

— Je vous avoue, mon cher oncle, que j'aime-

rais cette vie tout autant qu'une autre ; mais je
crains fort d'être obligé d'aller sous peu guer-
royer dans les Flandres, avec M. de la Ferté, notre parent, qui y tient campagne en ce moment.

— Dieu vivant ! exclama le vieux ligueur ; que
me dis-tu là : tu crains fort ?... Qu'est-ce que
c'est que cette poule mouillée ? à ton âge, ne pas
aimer la guerre ?...

— J'aime mieux la chasse, mon oncle.

— Mais, malheureux ! tu es cadet, entends-tu ?
y songes-tu bien ? Cadet ! il te faut prendre le
froc ou l'épée, il n'y a pas de milieu. — Vou-
drais-tu te faire moine, par hasard ?

— Non, certes ! dit Raoul, Dieu m'en garde !
je voudrais vivre toujours comme je vis, voilà
tout !

— Raoul n'est pas ambitieux, dit Marie en
souriant.

— C'est vrai, répondit Raoul ; par malheur,
d'autres le sont pour moi.

— Par malheur, dis-tu ? Ils ont raison, ventre-
bleu ! s'écria le comte ; — tu devrais rougir seulement de te le faire rappeler par d'autres. Oh ! si
tu avais vécu de mon temps !... Un rude temps,
chevalier, où l'on ne bâillait guère à la lune, et
où les gentilshommes disaient plus de jurons
que de fadaises ! Mais tout cela est bien changé,
et les gens du bel air et les beaux esprits ont
remplacé les capitaines. Avant cent ans, si cela
continue, on ne verra plus un noble porter l'é-

pée et revendiquer son droit par les armes. Dieu-
vivant! c'est une honte!

— Ne vous échauffez pas ainsi, mon père, dit
Marie doucement. — Croyez-vous que Raoul soit
moins brave pour cela? Si les guerres de province recommençaient, vous seriez fier de lui,
j'en suis sûre!

— Dieu le veuille! murmura le vieillard en la
regardant de nouveau avec attention; tu prends
son parti, Marie, c'est tout simple; — les vieilles
gens sont toujours censé radoter, pour la jeunesse.

— Oh! mon père!... fit Marie.

— Laissons cela; — il se fait tard, et le chevalier en a bien pour deux heures avant de gagner Aigueperse. — Adieu, mon garçon; si je te
traite rudement, c'est que je t'aime, entends-tu?
— reviens nous voir quelquefois.

Raoul prit congé de la famille, et Germain l'ac-
compagna dans la cour pour lui tenir l'étrier.

Neuf heures sonnèrent à une vieille horloge,
massive et rouillée, qui occupait un coin obscur
de l'immense salle. Les gens de service entrèrent
comme tous les soirs à pareille heure, et se ran-
gèrent silencieusement dans le fond. La comtesse
se leva, prit sur un rayon un vieux missel à fer-
moirs de cuivre, et s'agenouillant dévotement :

— A genoux! dit-elle. Au nom du Père, du
Fils et du Saint-Esprit! — Tout le monde se signa,
et elle lut la prière du soir.

2.

C'était une de ces longues prières tradition-
nelles qu'on retrouverait difficilement aujour-
d'hui dans les familles modernes. Après avoir
prié tour à tour pour le roi et les princes, pour
les morts et pour les absents, pour les prison-
niers et pour les malades, pour les âmes du pur-
gatoire et pour les enfants morts sans baptême,
on demandait encore à Dieu ses bénédictions
pour les biens de la terre, la moisson ou la fe-
naison prochaines. — A chaque pause, tous les
assistants répondaient pieusement : Ainsi soit-il !

C'était un spectacle vraiment émouvant que
cette prière commune, où maîtres et serviteurs,
confondus dans la même humilité et la même
foi, se retrouvaient frères et égaux devant Dieu,
et où la tête blanchie du redoutable vieillard se
courbait à l'égal de celle du dernier de ses vassaux.

Quand le récitatif monotone de la litanie des
Saints fut achevée, tout le monde se releva en
faisant le signe de la croix, et Marie vint tendre
son front au baiser de chaque soir avant de remonter dans son appartement avec ses cham-
brières.

Le comte et la comtesse restèrent seuls.

— Madame, dit le vieillard, vous plaît-il m'é-
couter un moment? — J'ai à vous parler d'une
chose grave. — Que pensez-vous de notre fille
Marie-Angélique?

— Mais, répondit la comtesse, je n'ai rien re-
marqué de particulier.

— En ce cas, j'ai la vue meilleure que vous ; — voici donc ce que j'ai vu, ou deviné si vous aimez mieux.

Raoul est amoureux de sa cousine, c'est tout simple ; mais ce qui l'est moins, Marie aime Raoul, ou peu s'en faut.

— Comment !... vous croyez ?...

— Je ne crois pas, je sais. — Ces enfants s'aiment. Par bonheur, le mal n'est pas grand encore, j'imagine, et tout peut se réparer. — Il faut prendre un parti, madame.

— Mon Dieu ! dit la comtesse tremblant de deviner, quel parti prendre ?

— Il faut les séparer. — Si Raoul était un autre garçon, il nous gênerait peu ; — on le ferait partir dès demain pour les Flandres. Mais ce méchant cadet ne veut rien faire. — C'est donc Marie-Angélique qu'il faut éloigner.

— Oh ! murmura douloureusement la pauvre mère ; — y avez-vous bien réfléchi ?

— Oui, dit le comte, — et voici à quoi je me suis arrêté. M. de Peyre est un digne gentilhomme, un peu notre parent, et lieutenant du roi en Languedoc ; — il est très-puissant à la cour ; — il m'a déjà proposé, l'année dernière, de faire placer notre fille parmi les demoiselles d'honneur de madame Henriette d'Angleterre, épouse de Monsieur, frère du roi. C'est là une position fort honorable pour notre enfant, et j'espère que la cour lui fera bien vite oublier son cousin, que

Dieu damne!... Bien plus, Marie-Angélique trouvera sûrement à faire, par ce moyen, un mariage en harmonie avec le nom qu'elle porte.

— Et nous,... vous surtout, Jean, comment pourrez-vous vous passer de Marie?

— Cette séparation est cruelle pour nous, mais elle est devenue nécessaire, dit le comte d'une voix ferme; — aimez-vous mieux qu'elle épouse ce cadet?

— Mon Dieu! mon Dieu! répétait la comtesse, dont les yeux s'emplirent de larmes.

Le comte continua avec une impassibilité apparente:

— M. de Peyre sera ici dans quelques jours. C'est un homme d'honneur, je vous le répète, et Marie sera considérée par lui comme sa propre fille. Jugez-vous à propos de prévenir Marie dès demain?

— Je ferai selon votre volonté, répondit la comtesse d'une voix étouffée; — vous êtes le seul maître ici, monsieur.

— Eh bien! je vous donne carte blanche quant à ceci; prenez le moment le plus favorable, et surtout, je vous en prie, madame, quelque peine que cette détermination vous fasse, que personne ici ne s'en aperçoive ou ne s'en doute.

La malheureuse mère n'eut pas la force de répondre.

Le comte la regarda un moment en silence; puis, tout d'un coup:

— Germain ! cria-t-il brusquement, venez me mettre au lit !

— Bonne nuit, madame; pensez sérieusement à ce que je viens de vous dire, ajouta-t-il en sortant au bras de son vieux serviteur.

III

LES FIANÇAILLES.

A cinq ou six jours de là, en effet, M. de Peyre arriva au château. Comme toutes les années précédentes, il quittait son gouvernement pour trois mois, et se rendait à Versailles faire sa cour. Marie, que sa mère n'avait pas encore osé informer de ce qui était décidé à son égard, accueillit joyeusement celui qu'elle appelait dès longtemps son bon ami, et qui n'était jamais venu sans lui faire quelque cadeau délicat.

Le comte, la comtesse et M. de Peyre eurent une longue conférence, qui se prolongea jusqu'à l'heure du dîner.

A table, et pour la première fois, Marie fut frappée de la tristesse et de la pâleur de sa mère. De son côté, le vieux comte buvait du vin de Jurançon à larges rasades, et contre toute habitude. Elle devina vaguement que quelque chose qui devait la toucher de près allait lui être confessé.

En effet, quand le dessert fut servi et que les domestiques furent retirés, le comte prit la parole, et d'une voix émue, mais calme :

— Marie-Angélique, dit-il, — écoutez ce que j'ai à vous dire.

La jeune fille le regarda, interdite ; et, sans comprendre encore pourquoi on lui parlait avec cette solennité.

— Je vous écoute, mon père, dit-elle d'une voix tremblante d'émotion.

— Mon enfant, reprit le comte lentement, — vous avez aujourd'hui seize ans révolus ; il est temps de penser sérieusement à votre avenir. Vous le savez, nous sommes pauvres ; ce château tombe en ruines, et nos terres sont grevées de dettes et d'hypothèques. Si votre mère et moi venions à mourir, ce qui ne peut, du reste, tarder beaucoup, selon la volonté de Dieu, nous vous laisserions seule, sans guide, à la merci du besoin, et cette pensée empoisonne nos derniers jours. Vous avez refusé, jusqu'à aujourd'hui, tous les partis honorables qui se sont présentés. Nous n'avons pas voulu lutter contre vos répugnances, et vous avons laissée libre. Il faut pourtant que nous pensions à vous, malgré vous-même. Voici donc ce que nous avons décidé, votre mère et moi.

Le vieillard s'arrêta un moment ; Marie l'écoutait en silence et presque avec épouvante.

— Demain, reprit le comte avec effort, vous partirez avec M. de Peyre pour Paris. Là, vous entrerez dans la maison de madame la princesse, femme de Monsieur, frère du roi. Montrez-vous, par votre conduite, digne de l'honneur qui vous attend; pensez à nous, et n'oubliez jamais ce que vous devez à votre nom et aux cheveux blancs de votre père.

Marie devint pâle comme une morte.

La pensée de résister à la volonté du comte ne lui vint pas un moment.

Mais la douleur inattendue fut si vive, que les larmes jaillirent violemment de ses yeux, sans qu'elle pût prononcer une parole.

Après un premier moment de stupeur, elle vint se jeter au cou du vieillard en sanglotant amèrement, pendant que, de son côté, la pauvre mère pleurait en silence.

Le comte, ne pouvant résister à l'émotion qui le gagnait malgré lui, la serra dans ses bras et l'embrassa à plusieurs reprises avec une tendresse et un abandon inaccoutumés.

— Mon enfant, ma chère enfant, répétait-il, calme-toi, si tu nous aimes; ta douleur nous fait mal, et nous avons besoin, nous aussi, de tout notre courage. — Tu le vois, Marie, je pleure, moi aussi. Eh bien! sois forte, toi; donne-nous l'exemple de la résignation courageuse. Crois tu que mon cœur ne se déchire pas à la pensée de cette séparation? Mais il le faut, Marie; tu le comprends, j'en suis sûr, et tu ne feras pas mentir ton grand cœur, n'est-ce pas?

Marie embrassa convulsivement son père, et avec une énergie entrecoupée de sanglots :

— Vous savez bien que je partirai, mon père, dit-elle, puisque telle est votre volonté; mais, je vous en prie, laissez-moi encore un peu pleurer à mon aise dans vos bras.

M. de Peyre s'approcha en ce moment et déposant un baiser sur le front de la jeune fille :

— C'est bien, dit-il ; je reconnais *ma Brave demoiselle!* Je suis fier d'être son parrain, et je l'aimerai comme ma propre fille.

Pendant que cette scène douloureuse se passait à Scorailles, une scène presque analogue avait lieu à Aigueperse. Seulement, Raoul, au lieu de se soumettre à la volonté paternelle, refusait formellement d'aller retrouver M. de la Ferté dans les Flandres.

En agissant ainsi, le pauvre garçon ne se rendait pas bien compte à lui-même de ses motifs. Ce n'était ni poltronnerie ni paresse : sa manière de vivre le prouvait bien tous les jours; mais, à la seule pensée de quitter le pays, tout son être se révoltait spontanément, et il se sentait au cœur une douleur vive et cruelle.

Depuis un an surtout, une transformation profonde s'était faite en lui. L'insouciance bruyante des premières années de jeunesse avait fait place à une sorte de gravité précoce. Lui qui naguère ne pouvait tenir en place, et qui était toujours par voies et par chemins, il se surprenait mainte-

nant rêvant parfois de longues heures sous les
grands chênes, ou regardant couler l'eau avec
cette fixité insensible particulière à l'œil des fous.

Pourquoi ne le dirions-nous pas tout de suite ?
Raoul était amoureux. Depuis combien de temps ?
Lui-même n'eût pu le dire.

Il s'était fait une telle habitude de ses rencon-
tres avec Marie-Angélique dans les bois et dans
les montagnes, qu'il fut longtemps sans chercher
à donner un nom au charme qui le dominait. Le
jour où, pour la première fois, on lui avait parlé
de partir, la crainte de s'éloigner de Marie fut si
vive et si douloureuse, que ce lui fut une révélation véritable de l'état de son âme. Il sentit qu'il
l'aimait sans réserve, avec une violence irrésistible, et que sa vie tout entière était liée à celle de
la jeune fille. Vingt fois, l'occasion se présenta
de faire l'aveu de cet amour : jamais Raoul n'en
ouvrit la bouche ; jamais il ne se demanda même
si cet amour avait trouvé un écho. — Chose bi-
zarre ! il se savait pauvre, cadet de famille, n'ayant
rien à attendre que de lui, et jamais il ne lui vint
une inquiétude à l'endroit de Marie. Quand il ap-
prenait qu'elle venait de refuser un riche parti,
cela lui paraissait si simple, qu'il ne s'en étonnait
même pas.

Raoul avait vingt et un ans ; il était grand,
bien fait, robuste et agile. Audacieux et patient
en même temps, il était capable de grandes choses, mais ne s'était jamais appliqué à rien en

particulier, parce qu'il n'avait pas de préférences.

C'était Marie qui en avait fait, sans s'en douter, le plus rude chasseur du canton, comme elle eût pu en faire un capitaine ou un savant. Mais, s'il n'avait pas la volonté initiative, sa force de résistance était grande : on l'avait quelquefois empêché de faire ce qu'il voulait, mais jamais nul ne lui fit faire ce qu'il ne voulait pas, et son père l'avait bien vu ce soir même.

Irrité d'une discussion que le respect qu'il portait à son père rendait trop inégale, Raoul s'était retiré de bonne heure dans le petit donjon qu'il occupait au nord du château. Plongé dans une rêverie profonde et douloureuse, pour la première fois peut-être il pensait à l'avenir et aux barrières infranchissables qui le séparaient de Marie. L'injustice de la loi féodale l'écrasait, et il entrevoyait le jour où, son père mort, l'aîné, devenu seul maître, pourrait le chasser de cette maison paternelle qu'il aimait, et où il avait grandi en liberté.

Bien que l'air fût vif, il avait laissé sa fenêtre toute grande ouverte, ne s'occupant pas plus du froid extérieur que de la lune, qui se levait à ce moment derrière le Puy-de-Dôme.— Il resta ainsi plusieurs heures.

Tout d'un coup, son cœur battit avec violence, et il courut, comme un fou, se pencher à la croisée. Il avait cru reconnaître le galop lointain d'un cheval.

Il ne s'était pas trompé... Le bruit, vague
d'abord, devint bientôt clairement distinct, et,
quelques minutes après, une femme, cheveux au
vent, débouchait du bois au triple galop, et venait s'arrêter brusquement sous le donjon.

— Marie! s'écria Raoul avec une émotion in-
dicible.

— Venez! venez vite! répondit la jeune fille
d'une voix brève et basse, avec un geste résolu.

Raoul descendit l'escalier quatre à quatre.

— Que vous arrive-t-il, mon Dieu? demanda-
t-il en ouvrant vivement la poterne... Vous, ici,
Marie... à cette heure!...

— Montez à cheval et suivez-moi, dit-elle sans
répondre à ses questions. Vite! vite! je n'ai pas
de temps à perdre!

Raoul obéit à cet ordre sans mot dire, courut à
l'écurie, mit le mors à son cheval et sauta dessus, sans selle et sans étriers, pour être prêt plus
tôt.

— En avant! dit Marie; je ne veux pas qu'on
me voie ici; gagnons la forêt!

Et ils partirent au galop côte à côte.

Après avoir ainsi couru dix minutes à peu
près, Marie arrêta son cheval et rompit le silence.

— Raoul, dit-elle, je vous donne à ce moment
une preuve d'estime assez grande pour que vous
soyez avec moi d'une sincérité complète. Je viens
à vous et me confie en votre honneur, sans ré-

serve. Répondez-moi donc comme à Dieu même..
— M'aimez-vous?

A cette question inespérée, Raoul, pris d'un éblouissement, chancela sur son cheval comme un homme ivre; incapable de trouver une parole, il saisit une des mains de Marie et la plaça en tremblant sur son cœur qui battait à l'étouffer.

Il y eut un moment de silence, pendant lequel la jeune fille le regarda avec une émotion qu'elle ne cherchait pas à dissimuler.

— Et moi aussi, Raoul, dit-elle enfin, je vous aime! Je suis venue pour vous dire adieu et consacrer nos fiançailles ; car nous sommes maintenant l'un à l'autre, à toujours, à jamais! n'est-ce pas?

— Vous partez, Marie? vous partez?... répéta Raoul éperdu.

— Écoutez, reprit-elle : — vous aurez bien autant de courage que moi?

Elle raconta alors, dans tous ses détails, la scène de la soirée et la résolution prise à son égard par son vieux père.

Raoul sentit son cœur se gonfler de larmes.

— O Marie ! murmura-t-il, nous sommes bien malheureux !...

— Maintenant, reprit Marie, vous allez me donner votre parole de partir, dès demain, pour les Flandres. — Vous me le promettez, Raoul ?

— Je ferai ce que vous voudrez, dit le jeune homme.— Aussi bien, comment pourrais-je vivre ici, si vous n'y êtes plus?

— C'est bien, dit-elle, je vous remercie. Ne vous laissez pas abattre, ami ; rien ne prévaudra contre notre amour, et Dieu saura bien nous réunir à son heure.

Pour toute réponse, Raoul couvrit sa main de baisers.

La nuit était magnifique : ils descendirent main dans la main, au pas de leurs chevaux, jusqu'au près du torrent de Luzon.

Raoul jeta autour de lui un long regard résigné.

— Les loups et les renards vont vivre tranquilles, dit-il avec un triste sourire ; et les cerfs ne seront plus rabattus dans leur fuite, comme l'autre jour encore... ô Marie !...

— Qui sait ? dit-elle en s'arrêtant sur le bord du torrent.

— Que regardez-vous ainsi ? demanda Raoul après un nouveau silence.

— Je regarde ces marguerites qui s'inclinent aux baisers du vent et qui semblent me dire adieu !

Raoul sauta à terre, et, se cramponnant aux anfractuosités du rocher, atteignit la touffe fleurie et en détacha deux petites fleurs blanches et rosées.

— Prenez cette fleur, Marie, dit-il, gardez-la comme un gage ; vous me la rendrez le jour où je l'échangerai contre un anneau de mariée...

Elle se pencha sur sa selle avec une émotion profonde, et prit la petite fleur sans répondre.— Emporté par un désir irrésistible, Raoul l'enlaça

5.

dans ses bras et déposa sur ses lèvres un baiser brûlant.

Marie, revenue à elle-même, se dégagea brusquement; — et, lançant sa jument au galop :

— Adieu, Raoul! cria-t-elle... Je vous défends de me suivre! Au revoir!... Je t'aime!...

Et elle disparut sous les arbres.

Raoul, resté seul, s'abandonna sans réserve à la douleur qui l'étouffait.

— Oh! disait-il en couvrant sa petite fleur de larmes, — je n'ai reçu qu'un baiser d'elle, et c'est un baiser d'adieu !

LA DUCHESSE

DE FONTANGES.

I

Deux ans se sont écoulés ; Marie-Angélique n'est plus la *Brave demoiselle* que nous avons essayé de dépeindre, c'est aujourd'hui madame la duchesse de Fontanges, maîtresse en titre du roi Louis XIV.

Comment cela s'est-il fait? comment tant de pureté, tant de sincérité agrestes ont-ils fait place à tant de honte? Est-ce la fatalité, est-ce la corruption qui l'ont fait marcher sur ses serments et sur sa vertu? Nous nous bornerons à raconter simplement, et chacun jugera.

Arrivée à Versailles et à peine entrée dans la maison de madame Henriette, Marie-Angélique était devenue l'objet de l'attention et de la con-

voitise générale. Jamais la cour n'avait vu une
comparable merveille; on s'extasiait sur sa beauté,
sur sa grâce, sur sa fierté, sur tout ce qui venait
d'elle. Une grande chasse, à laquelle elle prit part
à quelque temps de là, mit le comble à cet en-
gouement. Le roi surtout fut vivement frappé de
son audace, de son aisance un peu sauvage et de
son intrépidité.

Louis XIV vivait, à cette époque, sous la domi-
nation d'une femme altière, impérieuse et irasci-
ble, qui lui tenait tête comme personne n'avait
osé le faire, et dont il supportait impatiemment le
joug, sans pouvoir se résoudre à le briser. Madame
la marquise de Montespan gouvernait plus que le
roi lui-même; elle s'était faite la dispensatrice
unique de toutes les charges, de tous les emplois,
et n'en avait pourvu que ses créatures, ce qui la
rendait nécessairement plus puissante. D'autre
part, les enfants qu'elle avait eus du roi avaient
resserré singulièrement le lien qui l'unissait à
elle, et l'orgueilleuse favorite paraissait inébran-
lable dans sa position souveraine.

Il y avait cependant à la cour un parti puissant
qui la détestait et qui ne négligeait aucune occasion de lui nuire. A la tête de ce parti étaient deux
grands personnages, M. le duc de Saint-Aignan,
courtisan accompli, et le prince de Marcillac, na-
ture inférieure et avide, mais pleine de souplesse et
d'astuce.

Au moment où Marie-Angélique arriva, les deux

grands seigneurs commençaient à regarder la partie comme perdue pour eux, et déjà, à l'insu l'un de l'autre, ils faisaient des démarches pour rentrer en grâce auprès de la favorite. L'attention marquée du roi pour mademoiselle de Scorailles vint ranimer leurs espérances, et ils reprirent le fil de leurs intrigues avec une ardeur nouvelle.

Le roi avait fait quelques tentatives, mais il avait été repoussé avec fierté; Marie-Angélique avait triomphé sans peine de cette première épreuve, et, pour empêcher de nouvelles poursuites, elle avait franchement avoué au roi que son cœur ne lui appartenait plus, et qu'elle était à jamais engagée à un autre.

Cette résistance ne fit qu'irriter les désirs du monarque. — Il y était peu accoutumé, il faut bien le dire, et, comme au Minotaure antique, la noblesse française lui avait jusqu'ici payé, sans murmurer, la dîme de ses plus belles filles.

Ce qui n'avait été qu'une fantaisie passagère devint bientôt une passion réelle, et il n'attendait plus, pour triompher de cette vertu sauvage, qu'une occasion favorable.

Le duc de Saint-Aignan se chargea de la faire naître.

Le roi était grand chasseur, comme on sait, et Marie-Angélique était, sans contredit, la meilleure écuyère de la cour. — Une chasse fut improvisée dans la forêt de Marly, et le duc eut l'habileté de faire monter par Marie un cheval fougueux et dif-

ficile à conduire, qui occupa bientôt toute l'attention de la jeune fille. — C'était tout ce qu'il désirait.

La chasse fut très-brillante; Marie, emportée
par l'impétuosité de son caractère et l'ardeur de
sa poursuite, s'égara petit à petit dans la forêt,
de compagnie avec M. de Saint-Aignan. Celui-ci
la dérouta de son mieux, et la nuit vint avant
qu'ils n'eussent pu retrouver leur chemin.

M. de Saint-Aignan proposa de gagner une maison de garde, qui devait être dans le voisinage;
Marie le suivit sans défiance.

Ils arrivèrent bientôt, en effet, à une maisonnette perdue au milieu des bois, et déserte à ce
moment.

M. de Saint-Aignan insista pour attendre le
garde, qui devait les remettre en bonne route, et
il détermina Marie à descendre avec lui.

Cinq minutes après, le roi arrivait comme par
hasard, et M. de Saint-Aignan s'éclipsait.

La lutte fut héroïque de la part de la jeune
fille; mais prières, larmes, menaces, tout devait
être inutile; le royal vautour ne lâchait pas ainsi
sa proie.

Courbée sous sa honte, Marie-Angélique revint à
Versailles, l'âme brisée; — la foule des courtisans,
qui l'entoura bientôt, lui faisait horreur. Le roi,
malgré tout ce qu'il fit pour elle, lui était odieux,
et quand elle pensait au passé, à son père, à
Raoul, il lui montait au visage une rougeur ardente qui brûlait ses larmes. Quand elle était seule,

elle avait peur, peur de tout le monde et d'elle-
même ; sa vie était empoisonnée, et les remords
étaient devenus le tourment de toutes ses heures.

Alors elle se jeta avec une frénésie inouïe dans
tout ce qui pouvait l'arracher un moment à l'horreur de sa pensée. L'or glissait dans sa main, et
elle le prodiguait follement à tous ses caprices :
meubles, tentures, diamants, équipages, elle voulut tout avoir comme aucune ne l'avait eu. Jamais
la cour n'avait vu chose pareille ; elle puisa à
pleines mains dans le coffre royal, organisa des
fêtes splendides, des bals, des spectacles qui coû-
tèrent si cher, que le roi dut penser à lui donner
un surintendant pour elle seule.

Ce surintendant fut le dévot duc de Noailles,
qui brigua la charge, nonobstant la position équi-
voque de la nouvelle favorite. Madame de Montespan enrageait ; la marquise de Maintenon tra-
vaillait sourdement l'esprit du roi ; on fit écrire
par le pape une lettre autographe, on souleva les
évêques, le parlement se plaignit, tout fut inutile.
Le roi la fit duchesse de Fontanges envers et contre tous ; ses moindres caprices devinrent des lois,
ses excentricités des modes. — Un jour, le vent
détache sa capeline, et ses cheveux dorés inon-
dent ses épaules ; elle prend un ruban et le noue
sur son front. — Le roi la trouve charmante ainsi
et exige qu'elle conserve cette coiffure improvisée
toute la soirée, et le lendemain toutes les dames
de la cour sont arrangées à *la Fontanges*.

Un volume ne suffirait pas à raconter ses folies.

Cependant la nouvelle de sa fortune s'étendit bientôt jusqu'en Auvergne. En apprenant l'affreux malheur qui frappait la maison, sa mère mourut de douleur en huit jours. Le vieux Jean de Scorailles, dans son premier mouvement, avait essayé de se lever pour prendre sa vieille épée et partir venger son injure, mais le coup avait été si rude, qu'il retomba presque inanimé dans son fauteuil de cuir, et quand il voulut, au moins, maudire le nom du roi, il ne put faire entendre qu'un cri inarticulé. Le noble vieillard avait perdu l'usage de la parole.

Quant à Raoul, perdu dans les Flandres, il n'avait jamais répondu à la dernière lettre de Marie-Angélique, qui racontait tristement et courageusement la vérité : on était sans nouvelle de lui.

Vers le commencement de l'été de 1680, le roi installa mademoiselle de Fontanges dans le domaine d'Asnières, pour y mener à bonne fin sa grossesse, car elle portait dans son sein un témoignage vivant de son amour. La joie fut grande dans un certain monde, et madame de Montespan s'associa décidément à madame de Maintenon pour profiter des avantages que présentait cette espèce de séparation. Les intrigues recommencèrent.

Marie-Angélique avait si cruellement reproché au duc de Saint-Aignan le rôle honteux qu'il avait joué, que le noble personnage s'était retiré un

peu à l'écart et continuait, sans elle, sa rude partie. Il l'avait déclarée bête et sotte, et il ne s'en
servait plus que comme d'un instrument de
deuxième ordre.

Peu à peu, et grâce à sa douceur habituelle et
à sa tristesse sympathique, Marie s'était fait une
petite société choisie, où personne ne songeait à
conspirer, et où l'arrêt de M. de Saint-Aignan
était journellement cassé ; c'étaient, en général,
des artistes, peintres, poëtes et musiciens, les
plus illustres de ce temps.

Racine et Boileau y venaient rarement ; mais, en
revanche, Quinault, Linière, Chapelle, Furretière,
Perrault, le violon Lully et Des Cotteaux la flûte
et quelques autres encore, en avaient fait la maison de leur choix.

Mais celui qui, entre tous, resta en faveur jusqu'au dernier moment, fut un auteur de fables
morales et de contes grivois, Jean de la Fontaine, qu'on appelait déjà *le Bon homme*.

Ce la Fontaine était la distraction en personne.
Il se mouchait avec le mouchoir du voisin, se
trompait à chaque instant de porte, sortait par la
fenêtre, oubliait les heures du dîner et mettait assez souvent sa culotte à la façon du roi Dagobert.
On lui passait toutes ses fantaisies, et on ne lui
demandait jamais compte de ses actions.

Pour madame de Fontanges, comme plus tard
pour madame de la Sablière, la Fontaine était un
meuble, un animal familier, doux, simple, sincère

4

et toujours charmant quand la verve le prenait.
— Il avait à peu près autant de logements qu'il
y avait de grands seigneurs intelligents à la cour.
Monsieur, frère du roi, le prince de Conti, monsieur de Vendôme, Colbert, Le Verrier, madame
de Montespan, madame de Bouillon et d'autres
encore l'avaient hébergé tour à tour.

A ce moment, il était l'hôte de Marie Angéli-
que, qui lui avait donné, à Asnières, un petit appartement au-dessus du sien, et dans lequel il
pouvait, selon sa volonté, rentrer à toute heure
ou ne pas rentrer du tout.

Un matin, vers la mi-juillet, le bonhomme pé-
nétra tout effaré dans le boudoir bleu, où la duchesse se tenait d'habitude. On aurait dit qu'un
grand danger le menaçait, tant il était en désordre
d'habits et d'idée. — Il se réfugia auprès du fauteuil de Marie.

— Qu'avez-vous? mon Dieu, s'écria celle-ci,
moitié souriante, moitié inquiète... Que vous arrive-t-il?...

— Ouf! fit la Fontaine... pardonnez-moi... je
viens de me trouver nez à nez avec ma femme...
Vous comprenez.... Seigneur! Ah!...

— Madame de la Fontaine est ici? demanda
Marie au comble de la surprise...

— Oui... oui... elle s'est déguisée en paysanne
pour mieux me surprendre!... Ah! Dieu!... Tenez!... la voilà près de la grille! Je me sauve!...

Et il monta précipitamment le petit escalier secret qui s'ouvrait dans la chambre à coucher, à côté du lit.

Marie, singulièrement intriguée, ouvrit la porte-fenêtre, et parut sur le perron du château.

Les gens de la maison étaient en train de rudoyer une femme qui s'obstinait à vouloir parler à madame.

— Laissez-la entrer, dit Marie. — Que me voulez-vous, ma bonne ? ajouta-t-elle quand la paysanne fut en sa présence. — Pourquoi poursuivez-vous M. de la Fontaine ?

— Dame ! madame la duchesse, répondit bravement la paysanne, je ne voulais pas lui faire de mal, allez !... Tant seulement j'ai voulu le charger d'une commission pour vous, à cause qu'il vous approche; mais, aussitôt qu'il m'a vue, le diable l'a emporté !

— Une commission pour moi ? dit Marie.

— Oui, madame ! — C'est une lettre qu'un gentilhomme m'a remise, même qu'il m'a donné un louis en or pour la peine, qui n'en est pas une... que c'est même un bonheur de vous voir, pour les pauvres gens.

— Donnez-moi cette lettre, dit Marie rapidement.

La paysanne obéit, et Marie pâlit soudain en lisant l'adresse, qui ne contenait que ces deux mots :

« *A Marie-Angélique.* »

— Raoul ! murmura-t-elle douloureusement.—

Laissez-moi , ajouta-t-elle tout haut. — Qu'on
fasse rafraîchir cette brave femme ! Je vous défends, à l'avenir, de rudoyer ces bonnes gens ; —
entendez-vous ?

La paysanne s'éloigna après avoir fait une belle
révérence.

Marie brisa vivement le cachet et lut :

« Il faut que je vous voie,—coûte que coûte,—
« que je vous parle; — à minuit je serai dans
« votre parc ; — arrangez-vous pour venir me re-
« joindre près de la laiterie ;— il le faut. »

— Le malheureux! s'écria Marie en laissant retomber la lettre. — Il ne faut pas qu'il vienne!...
je ne veux pas le voir!... Bretagne! appela-t-elle,
priez M. de la Fontaine de venir me trouver.

La Fontaine, caché dans les combles, était en
train d'écrire la lettre suivante, sur ses genoux :

« Madame ma femme,

« Au nom du ciel, cessez de me poursuivre !—
« tout rapprochement entre nous est impossi-
« ble ! — non que je ne vous trouve toutes les
« qualités désirables et autant de vertu que de
« religion ; mais, le goût n'y est pas ;—voilà tout !
« Si vous continuez vos poursuites, je finirai, à
« la longue, par vous considérer comme un vrai
« créancier. Faisant donc appel aux sentiments de
« fierté que je vous ai toujours connus, je vous
« prie d'agréer le témoignage de ma plus pro-

« fonde estime et de ma plus sincère affection.
« Votre tout dévoué mari pour la vie,

« JEAN DE LA FONTAINE. »

Après avoir fouillé toute la maison, Bretagne le découvrit enfin, au moment même où il venait de parapher soigneusement son épître.

La Fontaine se rendit à contre-cœur à l'invitation de madame de Fontanges; il prévoyait un assaut terrible.

— Mon pauvre la Fontaine, lui dit Marie lorsqu'il fut entré dans le boudoir; — je sais que vous m'aimez; — je vais mettre votre dévouement à une rude épreuve.

— Madame! dit la Fontaine avec épouvante, demandez-moi mon sang, ma vie... ils sont à vous!... mais ne me demandez pas cela!... c'est au-dessus de mes forces!... Elle et moi?... Jamais! jamais!

— De quoi parlez-vous? dit Marie. — De votre femme?... Hélas! c'est bien de cela qu'il s'agit!... Votre femme n'a pas quitté sa province, et c'est moi...

— En vérité! dit la Fontaine dont le visage s'épanouit tout d'un coup sous l'impression d'une gaieté aussi franche que naïve. — Vous ne me trompez pas? c'est bien vrai?... Demandez-moi ce que vous voudrez, madame, je suis à vous corps et âme!...

— Écoutez-moi donc! dit Marie avec une telle

4.

gravité que le bonhomme en fut frappé lui-même.

Elle raconta longuement son histoire, ses premières amours et le douloureux martyre de sa
honte splendide. Elle lut le billet de Raoul et demanda ce qu'elle devait faire en cette circonstance.

— Vous avez raison, madame, dit la Fontaine
en lui baisant la main avec émotion ; — il ne faut
pas qu'il vous voie ; — fiez-vous à moi, je ferai
ce soir bonne garde sur la berge, et je vous promets que personne n'entrera céans malgré vous.

— Oh ! reprit Marie en lui serrant vivement la
main ; — vous êtes un ami véritable, et vous me
sauverez, n'est-ce pas ?

II

RAOUL.

La soirée était tiède et pleine d'harmonies con-
fuses. La Fontaine, fidèle à sa promesse, se pro-
menait à pas lents sur la berge ; — mais bientôt
les mélodies nocturnes le plongèrent dans une
rêverie douce et vague, et, oubliant ce qu'il était
venu faire, il s'assit au pied d'un saule, absorbé
dans une muette contemplation.

Il pouvait être onze heures et demie. — Une
barque noire et étroite, doublant l'île des Rava-
geurs, glissa silencieusement sur la Seine basse,

et aborda à un massif de peupliers, un peu à gauche du château. La lune, un moment voilée par de gros nuages sombres, illumina tout d'un coup le paysage de sa lumière argentée, et l'on eût pu distinctement apercevoir un jeune cavalier sauter à terre et disparaître dans les halliers.

Le passeur reprit l'aviron et se maintint à l'ombre des grands arbres.

L'air devenait de plus en plus lourd : des bouffées de vent chaud faisaient, de temps en temps, frissonner les feuilles ; les tiges alanguies se relevaient pour aspirer les odeurs de pluie dont l'air était chargé, et, dans les roseaux frémissants, les rainettes haletantes appelaient mélancoliquement l'orage.

La figure à demi cachée dans son manteau, et son épée nue sous le bras, le jeune homme marchait rapidement, bien qu'avec précaution. Arrivé à l'extrémité de la haie de clôture du parc, il s'arrêta un moment pour regarder autour de lui ; puis, s'élançant avec agilité aux branches souples d'un merisier sauvage, il franchit d'un seul bond le mur épineux qui bordait le fossé.

Au bruit de sa chute, la Fontaine s'éveilla en sursaut. — Miséricorde ! s'écria-t-il, il est entré à ma barbe !... Et il courut au château prévenir la duchesse.

Raoul, car c'était bien lui, s'arrêta de nouveau, ému, et écouta pendant quelques minutes, avec une inquiétude réelle, le bruit des pas précipités du bonhomme; puis, quand tout fut redevenu silencieux, il escalada, en s'aidant de branches folles, le pan opposé du fossé et entra résolûment dans le parc.

Le cœur lui battait avec une violence telle, qu'à plusieurs reprises il fut obligé de s'arrêter et de s'appuyer de la main aux arbres de la route, prêt à chanceler sur lui-même; sa poitrine oppressée respirait avec peine, et des larmes vainement contenues brillaient dans ses yeux. Il parvint ainsi jusqu'à une petite bâtisse cachée dans les arbres, qui servait d'étable à quatre à cinq vaches laitières, et se laissa tomber sur un banc de gazon adossé à la maisonnette.

De ce point un peu plus élevé, et grâce aux clairières, il pouvait voir jusqu'au château. — A cette heure, deux fenêtres du rez-de-chaussée étaient seules éclairées, et tamisaient une lumière pâle et douce à travers la mousseline des rideaux. Les yeux de Raoul se portèrent avidement vers ces fenêtres, et s'y attachèrent avec obstination. — Peu à peu, et sous l'influence de ses réflexions, ses yeux se remplirent de larmes, et il laissa retomber son front dans ses deux mains avec une convulsion douloureuse.

— Oh! Marie-Angélique! Marie-Angélique! murmurait-il en sanglotant amèrement, et avec un abandon absolu.

Minuit sonna lentement à la vieille horloge de l'église.

A ce moment, une des fenêtres s'ouvrit comme à la dérobée, et une blanche silhouette de femme apparut. Tout entier à sa douleur, Raoul ne la vit point se pencher à plusieurs reprises, écouter, tremblante, les bruits de la nuit; puis, rassurée sans doute par le silence, descendre le perron et prendre le chemin de la laiterie. Bientôt elle fut près de lui. Au frôlement de sa robe de soie dans les branches, il releva vivement la tête, et s'élançant avec impétuosité :

— Marie! s'écria-t-il d'une voix étouffée; — Marie! Oh! c'est donc vous?

— Oui, c'est moi, Raoul, — répondit-elle avec une émotion profonde, pendant qu'il couvrait sa main de baisers passionnés.

Il y eut un moment de silence.

— Tu pleures, pauvre ami! dit Marie en retirant doucement sa main toute humide de larmes.

— Oh! dit Raoul en éclatant en sanglots, — aurai-je jamais assez de larmes pour pleurer sur vous et sur moi?

— Malheureux! murmura tristement Marie, — pourquoi es-tu revenu?

Il y eut un nouveau silence, interrompu seulement par les sanglots de Raoul, qui pleurait sans pouvoir prononcer un mot.

— Écoute, Raoul, dit-elle tout d'un coup avec une certaine résolution; — j'ai été, certes, bien coupable envers toi, et je sais combien je suis peu digne d'un amour comme le tien. — Aujourd'hui, l'irréparable est entre nous; les récriminations et les colères ne sauraient rien changer; — il y a des maux sans remèdes. — Eloigne-toi de moi, oublie-moi; laisse-moi vivre seule dans ma honte,... porte à une meilleure, à une plus digne, cet amour auquel je n'ai plus droit, et sur lequel j'ai indignement marché... Va! je suis déjà bien punie!... Si tu savais!... Raoul, dis-moi seulement que tu me plains et que tu me pardonnes!...

Incapable de trouver une parole, Raoul reprit la main de Marie, et la couvrit de baisers violents; Marie elle-même, gagnée par cette douleur muette et terrible, fondit en larmes amères. Ils pleurèrent ainsi longtemps tous les deux, étroitement enlacés l'un à l'autre, marchant au hasard sous les allées sombres, n'osant ni l'un ni l'autre rompre ce silence sinistre qui les remplissait d'épouvante.

Arrivés à une clairière, la pluie, qui commençait à tomber à larges gouttes, les arracha à leur douloureuse contemplation.

— Marie! s'écria Raoul avec exaltation, — réponds-moi à ceci seulement... Au nom de notre amour d'autrefois, au nom de ta pauvre mère tuée par toi, au nom de tout ce qui te semble encore sacré, — réponds!... as-tu aimé cet... homme?...

La jeune femme pâlit, en proie à une hésitation évidente. — La vérité l'épouvantait autant que le mensonge.

— Réponds! réponds!... reprit sourdement Raoul en lui serrant les mains à les meurtrir. —

Elle le regarda douloureusement sans lui répondre; puis, tout d'un coup :

— Pourquoi te mentirais-je? dit-elle avec effort.
— Oui, je l'ai aimé ; — oui, je t'ai oublié ; — oui,
je t'ai sacrifié à lui ! — On dit dans le monde
que c'est M. de Peyre qui m'a vendue ; ce n'est
pas vrai ! — Je me suis donnée à lui librement
et de mon plein gré... Pardonne-moi, Raoul ; je
suis une malheureuse!... J'ai préféré la honte
d'être sa maîtresse, à l'honneur de porter ton
nom !... J'ai foulé aux pieds ton amour confiant,
jeune, ardent, absolu, pour l'amour d'un jour
d'un homme vingt fois rassasié, et qui doit se
lasser de moi !... Pourquoi pleures-tu?... toi qui
as gardé ton cœur, ta pureté, ta noblesse? —
Qu'y a-t-il encore de commun entre toi et moi?
et qu'es-tu venu chercher ici, si tu savais tout?

Raoul poussa un cri inarticulé et tomba par
terre, comme frappé de la foudre...

Marie se précipita sur lui, et lui prit la main
en pleurant. La main retomba inerte.

— Raoul ! Raoul !... pauvre enfant !... reviens
à toi !... criait-elle ; reviens.... O mon Dieu !... je
l'ai tué !... Raoul !... Raoul !...

Et elle l'étreignait dans ses bras, le couvrant
de larmes et de baisers ; mais rien ne pouvait ranimer le malheureux jeune homme, insensible et
glacé comme un cadavre.

Une idée vint à la malheureuse femme; — elle
détacha vivement sa capeline, la jeta sur Raoul

pour le garantir de la pluie et prit en courant le
chemin du château.

— Mon Dieu! disait-elle en sanglotant, faites
qu'il ne meure pas!

III

LA CRISE.

Arrivée dans sa chambre, Marie prit vivement
un lourd flambeau d'argent sur la cheminée, et,
ouvrant une petite porte dissimulée dans la boi-
serie dorée, monta rapidement un escalier étroit
qui conduisait à l'étage supérieur. — Un faible
rayon de lumière passait sous la porte d'une des
chambres qui donnaient sur le corridor; — elle
y frappa résolûment.

— Monsieur de la Fontaine, — ouvrez-moi! —
vite! vite! dit Marie.

La porte s'ouvrit aussitôt.

— Seigneur!... dans quel état vous voilà!...
Que vous arrive-t-il? s'écria la Fontaine en re-
culant.

— Venez!... dit Marie en le prenant impétueu-
sement par la main et en l'entraînant après elle.

La Fontaine se laissa faire comme un enfant.

Deux minutes après ils arrivaient ensemble près
de Raoul.

— Qu'est-ce ceci, mon Dieu? Il est mort?...

— Mort! répéta Marie avec égarement. Mort!...
Il est mort, dites-vous?

— Je n'en sais rien, madame; mais il en a
bien l'air... Que faut-il en faire?

— Pourrez-vous le porter jusqu'au château?
demanda Marie en pleurant à chaudes larmes.

— Parbleu! dit la Fontaine; il n'est pas déjà
si lourd, le pauvre garçon!

Et ce disant, il le prenait à bras-le-corps et le
chargeait sur ses épaules. Marie, folle de douleur, soutenait sa tête pendante et livide, et l'embrassait en pleurant à chaque pas.

— Voulez-vous que je le couche dans mon
lit? demanda la Fontaine lorsqu'ils furent arrivés.

— Non, dit Marie, je veux le garder et le soigner
moi-même, s'il y a encore quelque espérance.

La Fontaine ne répondit pas, et, après avoir
déshabillé le jeune homme, tant bien que mal,
il l'étendit sur le lit et empila les oreillers sous
sa tête.

— Sauvez-le-moi! sauvez-le-moi! disait Marie
d'une voix déchirante en débouchant elle-même
toutes sortes de flacons de sels, d'odeurs et d'élixirs.

La Fontaine approcha un flacon de vinaigre des
narines du malade et lui jeta quelques gouttes
sur les lèvres.

La figure de Raoul se contracta : ses yeux vi-
trés s'entr'ouvrirent, et ses dents serrées grin-
cèrent avec force.

5

— Ce n'est qu'une crise nerveuse; rassurez-
vous, madame! dit le bonhomme en préparant
tranquillement un cordial qu'il fit avaler de force
au jeune homme.

Raoul poussa un sourd gémissement et se leva
tout droit sur son lit. Il promena autour de lui un
œil sec et hagard, l'arrêtant tantôt sur Marie,
tantôt sur la Fontaine, avec une égale indifférence.
On eût dit que tout son être était paralysé : de
petits cris rauques sortaient de sa poitrine ou
sifflaient à travers ses dents serrées. Marie, age-
nouillée, prit une de ses mains, sans qu'il la re-
tirât, et pleurant silencieusement à ses pieds :

— Raoul!... c'est moi!... moi, Marie-Angélique! Ne me reconnais-tu pas?... dit-elle d'une
voix tremblante.

Il la regarda avec une fixité effrayante; puis, tout
d'un coup, un sanglot violent gonfla sa poitrine,
des larmes jaillirent de ses yeux, et, retirant
brusquement sa main d'entre les mains de Marie,
il enfonça sa tête dans les oreillers en poussant
un cri d'horreur profonde.

— Laissez-le, dit la Fontaine; — il ne faut pas
qu'il vous voie plus longtemps.

— Non! dit-elle en se cramponnant au lit, je
veux rester, je veux le soigner seule!...

La crise fut longue et douloureuse; toute la
nuit Raoul eut le délire. Marie ne quitta pas un
instant le chevet du lit, épiant en silence et avec
une tendresse inquiète ses moindres mouvements.

La Fontaine, presque aussi ému qu'elle, attendri surtout par l'obstination généreuse de cette
femme délicate et souffrante, qui s'oubliait elle-
même si complétement, allait de l'un à l'autre,
faisant respirer des sels à celui-ci, donnant de
bonnes paroles à celle-là. Le pauvre homme en
était arrivé à mettre presque convenablement des
compresses, et s'étonnait lui-même de son habileté.

Vers quatre heures, la réaction se fit et la fatigue l'emporta. Après quelques dernières se-
cousses convulsives, Raoul s'endormit profondément de ce sommeil lourd et bienfaisant que Dieu
garde pour réparer les fatigues des luttes suprê-
mes. Marie était brisée, à bout de forces et de
douleur : sur les instances de la Fontaine et lorsqu'elle fut bien assurée du sommeil de son cher
malade, elle consentit à prendre un peu de repos
sur une chaise longue, au pied du lit, car elle ne
voulut pas sortir de la chambre. La Fontaine resta
seul à veiller sur eux deux.

Le jour était venu : un jour triste et gris, en
harmonie avec la désolation intérieure. Une pluie
fine et pénétrante tombait depuis plusieurs heures
et semblait devoir durer toute la journée : l'eau
des gouttières clapotait sur les dalles avec une
régularité monotone; seuls, quelques moineaux
pillards poussaient quelques cris confus.

La Fontaine s'assit près de la croisée, regardant
vaguement tomber la pluie, dominé de plus en

plus par les rêveries qui lui venaient. Il pensait à cette destinée étrange qui l'avait fait le commensal et l'ami, tour à tour, de ces pauvres femmes, dévorées si vite par le royal amour du grand Louis. Il devinait toute la poésie de ce jeune amour d'Auvergne, qui était venu chercher à Paris cet horrible dénoûment, et déplorait de toute son âme cette confiance aveugle des vieux gentilshommes de province, envoyant leurs enfants à la cour, sans penser que le roi était homme et qu'il l'avait prouvé déjà trop de fois.

— L'âne de ma fable a raison, murmura-t-il en souriant tristement; — notre ennemi, c'est notre maître !

Huit heures sonnèrent, Raoul s'agita et entr'ouvrit péniblement les yeux. — La Fontaine s'approcha du lit.

Tout était encore si confus dans la tête du malheureux, que dans le premier moment il ne s'aperçut ni de la présence d'un étranger, ni du lieu inconnu dans lequel il se trouvait. Il passa à plusieurs reprises la main sur son front appesanti comme pour rappeler ses idées, et s'adressant enfin à la Fontaine :

— Qui êtes-vous, monsieur? demanda-t-il sourdement, et que faites-vous ici ?

— Monsieur le chevalier, — répondit le bonhomme avec douceur, — je suis à cette heure un de vos meilleurs amis, et, s'il vous plaît, il en sera longtemps ainsi... Je me nomme Jean de la Fontaine et suis un pauvre assembleur de rimes dont les enfants se moquent et à qui les grands seigneurs font la charité; si, cependant, vous me croyez bon à quelque chose pour votre service, je suis tout à votre dévotion.

Raoul le regarda comme on regarde un homme qui rêve tout éveillé, et, les idées lui revenant peu à peu, il passa sans répondre, de cet homme qu'il voyait pour la première fois, à ces tentures, à ces meubles somptueux qu'il n'avait jamais vus.

— Où suis-je donc? murmura-t-il avec un accent de pénible surprise.

La Fontaine reprit sans s'émouvoir:

— Vous êtes, monsieur le chevalier, dans le château d'Asnières, chez madame la duchesse de Fontanges, qui repose là, sur cette chaise longue, après avoir veillé sur vous toute la nuit.

Raoul se souleva en sursaut: ses yeux brillèrent d'un éclat singulier; il voulut parler, la voix manqua à son gosier; il étendit les bras avec angoisse; puis, se laissant retomber à la renverse, il se reprit à sangloter avec violence.

— Oh! je comprends!... je comprends! murmura-t-il en se tordant de désespoir.

Madame de Fontanges tressaillit à l'accent de cette voix comme à une commotion électrique, et s'élançant d'un bond, vint retomber à genoux au pied du lit...

Elle voulut prendre la main de Raoul, il la repoussa durement et avec colère.

5.

— Laissez-moi! laissez-moi! criait-il.

— Non! dit-elle avec énergie, tu m'entendras!
— il faut, je veux que tu m'entendes. — Monsieur
de la Fontaine, ajouta-t-elle en se tournant vers le
bonhomme muet et attendri, — allez vous repo-
ser quelques heures, mon vieil ami, et laissez-
nous seuls, je vous en prie; — il faut que je lui
parle, et lui seul doit entendre ce que j'ai à lui
dire.

Et comme la Fontaine hésitait:

— Allez! dit-elle avec un de ces gestes souve-
rains qui ne permettent pas la pensée d'une résistance.

— Ma foi! se dit le bonhomme, cinq minutes
après, en dénouant ses chausses, — voici encore
une nuit blanche que je regretterai moins qu'une
nuit passée à écrire un de ces contes gaillards
qui dérident si bien M. le Prince ou la belle Madelon du Pré...

I V

LUTTE ET DOULEURS.

Longue et douloureuse fut la confession de Marie. Elle raconta tout ce qui s'était passé, franchement et sans rien déguiser, sans rien affaiblir.
Raoul l'écoutait avec une avidité amère.

Quand elle eut fini :

— Marie, dit-il en lui prenant la main dans les siennes, — à votre tour, pardonnez-moi ma violence... j'ai tant souffert, si vous saviez !... Une horrible fatalité pèse sur nous, et Dieu n'a pas voulu nous réunir, comme nous pouvions l'espérer.

— Voici votre marguerite, rendez-moi la mienne, — si vous l'avez encore...

Madame de Fontanges ouvrit, sans mot dire, un petit médaillon pendu à son cou, et en tira une fleur desséchée.

Raoul broya les fleurs dans ses mains et en jeta la poussière au feu.

— Allez, dit-il, tristes vestiges de nos fiançailles !... allez rejoindre notre serment menteur et les promesses de nos rêves !

Il se leva avec un calme plus effrayant que sa douleur de la veille, et fit quelques pas dans la chambre.

— Où allez-vous ? mon Dieu ! demanda Marie avec angoisse.

— Je m'en vais, dit Raoul ; l'air qu'on respire ici m'étouffe, et je sens que je mourrai si j'y reste plus longtemps !... Adieu, Marie !

— Ne vous verrai-je plus ? demanda-t-elle pâle et tremblante.

— Non ! dit Raoul ; — je suis heureux d'avoir pu vous pardonner. Que reviendrais-je faire ici, maintenant ?

— Adieu donc, Raoul ! dit Marie d'une voix

mourante, en lui tendant la main une dernière
fois.

Raoul la prit et la serra avec une énergie terrible ; regarda un moment Marie, l'œil brillant de
fièvre, le cœur plein à la fois de colère et de désirs ; puis, tout d'un coup, après une étreinte rapide, il sortit en chancelant avec un geste désespéré.

Marie retomba sur sa chaise longue à demi
morte.

Quelques jours se passèrent. — Raoul, malgré
tous ses efforts, ne pouvait arracher de son âme
le souvenir vivant et cruel de la seule femme qu'il
eût aimée. Il se lia avec quelques jeunes élégants,
et demanda l'oubli aux ivresses de tous genres ;
mais l'image de Marie revenait toujours, et dans
les fumées du vin, et chez Louise d'Arquien ou
Madelon du Pré.

Le malheureux, replié sur lui-même, souffrait
affreusement d'un mal sans remède ; malgré tout,
malgré son abaissement, malgré sa faute, il aimait
Marie, et il se l'avouait avec terreur. Il l'eût suc
morte, qu'il se serait consolé peut-être ; mais la
sentir près de lui, vivante, plus belle et plus dé-
sirable que jamais ; mais penser qu'un autre avait
possédé ce trésor et défloré ces grâces virginales,
c'était un supplice de toutes les heures !

Pâle et amaigri, il errait souvent, tout un jour,
par les rues, marchant au hasard et sans pronon-

cer une parole. Par moments il fermait les yeux
et se reportait par la pensée aux jours d'autrefois.
Il se revoyait à Aigueperse ou à Scorailles, galo-
pant côte à côte avec elle, et n'osant parler de cet
amour qui remplissait son être, heureux d'un mot,
d'un éclat de rire, d'une fleur qu'elle avait touchée... Il pensait à son oncle, à la forêt familière,
à ce torrent tant de fois traversé; puis, tout d'un
coup, le charme était rompu violemment, et il en-
tendait dans ses oreilles tinter ces horribles paroles : la maîtresse du roi!

Elle!... Marie-Angélique!...

Un jour, en tournant une rue, Raoul se trouva
nez à nez avec la Fontaine. Son premier mouvement fut de fuir; mais le besoin de parler d'*elle*
l'emporta, et il aborda le pauvre poëte avec un
empressement qu'il ne put dissimuler.

La Fontaine répondit à ses questions avec une
sorte de sollicitude tendre, qui fut droit au cœur
du malheureux jeune homme. De ce jour il lui
voua une amitié qui ne devait plus se démentir.

— Pourquoi ne reviendriez-vous pas nous voir?
lui dit le bonhomme simplement. — Vous irritez
votre douleur au lieu de l'endormir.

— Non! dit Raoul, ce serait au-dessus de mes
forces. — D'ailleurs, je viens de tant souffrir, depuis un mois, que je puis être injuste envers elle.

La Fontaine n'insista pas; mais, à son insu, il
venait de donner un autre courant aux pensées de
Raoul. Cette idée de la revoir, d'abord repoussée,

occupa bientôt tout son esprit. Il se dit qu'après tout, s'il devait en mourir, mieux valait encore mourir la main dans sa main, que mourir seul et désolé. Il partit un soir avec la Fontaine, et ne revint que vers le matin.

De ce moment une vie nouvelle commença pour lui. Chaque nuit il venait furtivement, comme un amoureux de vingt ans, passer une heure auprès de Marie.

Il s'en allait toujours le cœur navré ; mais c'était devenu une habitude douloureuse, et il y trouvait un charme amer qui le ramenait le lendemain à la même heure.

Le roi venait rarement au château, et plus rarement encore Marie allait-elle à Versailles. Sa grossesse était un prétexte suffisant aux yeux de tous, et personne ne se douta du motif secret de cette solitude, dans laquelle elle s'ensevelissait peu à peu.

Les intrigues de cour avaient recommencé de plus belle, et madame de Montespan commençait à se vanter hautement de sa faveur renaissante.— L'étoile de Marie-Angélique pâlissait visiblement.

JEAN DE LA FONTAINE.

I

Un soir, à quelque temps de là, la Fontaine descendait la rue des Boucheries-Saint-Germain, de compagnie avec Nicolas Boileau et Jean Racine.

Ces deux derniers déployaient beaucoup d'éloquence pour le déterminer à les suivre à un sermon que l'abbé Massillon devait prêcher à huit heures aux Petits-Pères. Le bonhomme résistait de toutes ses forces.

— Prends-y garde ! lui dit Boileau à bout d'arguments ; tu seras damné !

— Parbleu ! c'est mon affaire ! répondit la Fontaine. Depuis quand fait-on faire aux gens leur salut à leur corps défendant ?

— Le malheureux ! dit Racine, il mourra dans l'impénitence finale !

— Mon ami, répliqua la Fontaine, vous feriez

bien mieux de m'indiquer mon chemin pour aller au nouvel hôtel que le roi a donné à madame de Fontanges, que de me montrer le chemin du ciel, dont je n'ai que faire en ce moment.

Racine et Boileau levèrent les bras au ciel en signe de pitié profonde. On était arrivé au carrefour de Bussy, et ils allaient prendre congé du pêcheur, lorsque Despréaux, qui était resté railleur nonobstant la dévotion, lui dit de la voix la plus naturelle du monde :

— Adieu, impie ! Nous te laissons dans ton endurcissement. Quant à ton chemin, va toujours droit devant toi, et prends la cinquième rue à ta gauche. Tu ne peux pas te tromper : il n'y a qu'un hôtel dans la rue.

— Ah ! grand merci, dit la Fontaine en leur serrant la main ; ne m'oubliez pas dans vos prières, s'il vous plaît.

— Le pauvre homme ! dit Boileau en le regardant aller ; il a fait ce chemin cent fois en sa vie, mais il n'a garde de le reconnaître. Ah ! ah ! ah ! va-t-il m'en vouloir de l'envoyer se casser le nez à l'hôtel Montespan !...

— Tu oublies que la Fontaine est un peu ton prochain, dit Racine en prenant le bras de son ami.

— Bah ! dit Boileau, c'est un athée !

Et ils reprirent leur chemin en devisant.

La Fontaine descendit la rue Saint-André-des-Arts, toujours rêvant, mais n'en comptant

pas moins avec scrupule les rues traversières à
sa gauche. Arrivé à la cinquième, il se trouva
face à face avec la porte d'un hôtel bien connu
de lui, et dans lequel il était venu dix ans
durant.

— Ouais! dit-il tranquillement, je suis joué!
Ma foi, ce janséniste de Despréaux en sera pour
ses frais! J'irai une autre fois à l'hôtel Fontanges.

Et il laissa retomber le lourd marteau de la
porte cochère.

La porte s'ouvrit. Le suisse vint le reconnaître,
non sans sourire; et il monta le grand escalier
avec l'aisance nonchalante d'un habitué de la
maison.

Son entrée dans le petit salon de la marquise
produisit une sensation dont il ne s'aperçut pas
ou n'eut pas l'air de s'apercevoir, car, avec un
tact ordinaire, il eût bien vu qu'il arrivait à peu
près comme mars en carême.

Sept à huit personnes à peine composaient la
compagnie. La discussion était vive et sans doute
des plus intéressantes; mais elle s'arrêta court
à son arrivée, et il se fit un silence glacé.

La marquise de Montespan n'en fut pas moins
fort aimable pour lui.

— Par quel hasard vous voici, monsieur le
poëte? lui dit-elle obligeamment; il y a un siècle
qu'on ne vous a vu!

— Ce n'est point par hasard, mais de bonne

6

volonté, madame. Vous avez toujours été si bonne
pour moi...

— Que vous ne vous gênez plus pour me né-
gliger, n'est-ce pas?... Mauvaise querelle à part,
je vous remercie, ajouta-t-elle en lui donnant sa
main à baiser. Croiriez-vous qu'il y avait de mé-
chantes langues qui vous rangeaient parmi mes
ennemis?

— Moi, madame?... Par exemple! s'écria la
Fontaine. Il n'y a que madame Scarron qui ait
pu dire une telle fausseté!

— Bien obligée, monsieur de la Fontaine! répondit madame de Maintenon en souriant finement et en lui faisant un petit salut de la tête.

— Oh! madame, vous étiez là!... Je vous prie
de croire...

— Bon! laissez-moi vous épargner un mensonge... Je sais bien que vous ne m'aimez guère;
mais je ne vous en veux pas.

Le pauvre la Fontaine, tout confus, se morfon-
dit en salutations; et, ce faisant, marcha par mé-
garde sur les pieds de l'abbé de Choisy.

— Aïe! cria celui-ci; que le bon Dieu vous bé-
nisse! Où diantre avez-vous les yeux, ce soir?

— Mon Dieu, l'abbé! je vous demande mille
pardons...

— Prenez garde! reprit l'abbé, vous allez cre-
ver l'œil à M. le duc!

La Fontaine se retourna vers le duc de Mazarin,
et, de nouveau, se confondit en excuses. La com-

pagnie riait sous cape, et cette plaisanterie se fut prolongée plus longtemps, si, vu l'importance de la réunion, la marquise n'y eût mis un terme.

— Mon pauvre monsieur de la Fontaine, lui dit-elle en le prenant par la main et en le conduisant à un vaste fauteuil adossé à la cheminée, — vous ne faites que des malheurs ce soir; — moi, je vous mets en pénitence : vous allez rester là, bien sage et bien tranquille; — d'ailleurs, voici M. le duc de Longueville, qui, depuis longtemps, désire causer avec vous à bâtons rompus.

— Vous êtes mille fois trop bonne, madame, balbutia la Fontaine en s'asseyant, pendant que la marquise faisait un petit signe d'intelligence au duc.

Une conversation très-vive s'engagea entre la Fontaine et M. de Longueville, et la marquise de Montespan put renouer la conférence au point où l'importun visiteur était venu l'interrompre.

— Vous disiez donc, monsieur de Louvois, que M. le prince de Marcillac vient d'être nommé grand-veneur, par la grâce toute puissante de cette demoiselle?

Au lieu de répondre directement à la question que madame de Montespan lui adressait, le marquis de Louvois se pencha vers elle et lui dit à voix basse :

— Croyez-vous prudent, madame, de continuer cet entretien devant tierce personne?

— Qui ça, tierce personne? dit madame de

Montespan ; la Fontaine ? Voulez-vous rire, marquis !... Est-ce qu'il a jamais compté pour quelqu'un dans le monde ?...

— Hum ! hum ! insista M. de Louvois, je n'ai guère confiance en ces distraits dont chacun fait gorges chaudes et qui en pensent souvent plus qu'on n'imagine.

— Ah ! ah ! ah ! fit madame de Montespan ; entendez-vous, l'abbé, le marquis qui a peur de la Fontaine ?...

— Le fait est, observa l'abbé de Choisy, que, depuis un certain temps, il est devenu le commensal de cette favorite de hasard, et...

— Mon Dieu ! messieurs, que vous le connaissez mal, dit la marquise, ne va-t-il pas à tous les soleils levants, sans que cela tire à conséquence.
— Tenez, vous allez voir ! — Monsieur de la Fontaine, ajouta t-elle tout haut, — je viens de parier que vous aviez fait des vers pour mademoiselle de Scorailles ; est-ce vrai ?

— C'est très-vrai, madame, répondit la Fontaine sans le moindre embarras ; et j'ajouterai même que c'est une des plus charmantes femmes que j'ai connues. — Et il reprit sa conversation avec le duc.

— Vous voyez, messieurs, dit la marquise, — il ne se doute même pas qu'il parle devant des ennemis de sa nouvelle idole. — Laissons cela. Voyons, monsieur de Mazarin, vous avez eu une audience de Sa Majesté ?

— Oui, madame, répondit le duc; j'ai représenté respectueusement au roi que cette liaison pouvait attirer les plus grands malheurs sur le royaume, et que j'avais eu une révélation certaine qu'une révolution éclaterait s'il ne rompait avec la Fontanges.

— Et qu'a répondu Sa Majesté?

— Le roi m'a ri au nez, madame, et m'a dit qu'il avait eu, de son côté, une révélation que ma tête allait se déranger, si je n'y prenais garde.

Un sourire courut sur toutes les lèvres, à cette confession du dévot personnage. Madame de Montespan seule resta sérieuse.

— Pour moi, dit madame de Maintenon, je suis allée faire une démarche analogue auprès de la demoiselle; je lui ai parlé une heure durant, et sans qu'elle m'interrompît, de son honneur, du scandale public de sa liaison, de tout ce qui pouvait enfin faire impression sur une âme jeune et honnête. Que croyez-vous que m'a répliqué cette petite effrontée?

— Dites, dites! fit madame de Montespan avec impatience.

— Elle m'a dit: « Vous en parlez bien à votre aise! — Croyez-vous donc qu'on quitte un ro comme on quitte sa chemise? »

— Elle a raison, pensa la marquise en souriant tristement.

— Quelle horreur! s'écria le duc de Mazarin.

6.

— Voilà une fille bien élevée ! dit M. de Louvois.

— Elle est jolie comme un ange, observa l'abbé de Choisy, c'est vrai; mais elle est bête comme un panier !

— Il faut que le roi ait bien mauvais goût, dit le marquis de Sévigné qui n'avait pas encore ouvert la bouche.

Madame de Montespan et madame de Maintenon se regardèrent, à ce mot, instinctivement et sans rien dire.

— Et le Père de la Chaise? demanda le duc de Mazarin.

— On ne comprend rien à sa conduite, répondit l'abbé de Choisy en fixant avec intention la marquise de Montespan; pendant dix ans, il a refusé au roi l'absolution, et voici qu'à la Pentecôte dernière, le roi s'est approché de la sainte table, bien et dûment confessé et absous.

Madame de Montespan pâlit de colère à ce souvenir.

— Le Père de la Chaise! dit-elle avec amertume, c'est une chaise à commodités! — Comment! ajouta-t-elle en froissant violemment ses manches de dentelles, personne n'aura donc une bonne nouvelle à me donner? Personne ne trouvera un moyen pour perdre cette petite intrigante rousse et sotte, qui ne sait que manger 100,000 écus par mois et ruiner le roi en ameublements?

— Pardon, marquise, j'ai trouvé ce moyen,

moi, répondit un nouveau venu que personne n'a-
vait annoncé et qui devait être un intime, tant il
entrait avec aisance.

— Vous, monsieur de Roquelaure; et comment
cela? dit la marquise.

— Je vais vous le dire; mais permettez-moi de
m'asseoir, car je suis littéralement rompu.

II

MONSIEUR DE ROQUELAURE.

On fit cercle autour du duc, et M. de Longueville lui-même quitta la Fontaine pour se rappro-
cher du narrateur.

Le bonhomme resta seul dans son coin, enseveli dans son fauteuil, et pouvant rêver à son aise.

— Vous savez, ou vous ne savez pas, dit M. de
Roquelaure avec un geste arrondi qui faisait va-
loir sa main, remarquablement belle du reste;
vous savez, dis-je, que je suis voisin de petite maison avec Sa Majesté, depuis qu'il a établi la Fontanges à Asnières. Or, hier, vers minuit, me pro-
menant au bord de l'eau avec une personne qu'il
est inutile de nommer, j'aperçus une barque tra-
verser la Seine d'un air de mystère bien fait pour
piquer ma curiosité. Je me cachai donc dans un

massif pour tâcher de savoir qui diable pouvait
passer l'eau à pareille heure. La barque aborda;
un jeune homme, fort élégant, ma foi! sauta les-
tement à terre, et se mit à longer le mur d'enceinte. Je le suivis à pas de loup. Jugez de mon
étonnement! mon jeune homme, d'un bond pro-
digieux, franchit l'enceinte du parc.

— En vérité! s'écrièrent en même temps madame de Montespan et madame de Maintenon.

— C'était peut-être un voleur? objecta M. de
Sévigné.

— Non pas! reprit M. de Roquelaure; vous
pensez bien que je ne m'en suis pas tenu là. Au
risque de déchirer des manchettes de mille écus,
je me suis accroché aux branches d'un grand diable de peuplier, qui se trouvait là tout à point, et
j'ai vu, mais distinctement vu... devinez quoi?...

— Dites vite! duc, pas de coquetteries, fit madame de Montespan dans une agitation visible.

— Eh bien! j'ai vu mademoiselle la duchesse
de Fontanges se promener bras dessus, bras des-
sous avec mon inconnu.

— Et?... demanda l'abbé de Choisy.

— Ma foi! l'abbé, vous êtes charmant; vous oubliez que j'étais suspendu en l'air à la force du
poignet! D'ailleurs, j'en avais déjà comme cela
pas mal vu, ce me semble.

Un éclair de triomphe illumina l'œil de la marquise.

— Je tiens ma vengeance! s'écria-t-elle. Vraiment, duc, j'aurais presque envie de vous embrasser en récompense !

— Faites, mon Dieu ! faites, dit Roquelaure en se renversant avec une fatuité adorable.

— Non, dit madame de Montespan en lui tendant la main, vous êtes trop laid, décidément. — Ce sera pour une autre fois.

— Comme vous voudrez ; mais vous aurez rarement une aussi belle occasion, dit galamment Roquelaure en déposant un léger baiser sur la main de la marquise.

La Fontaine se retourna sur son fauteuil en poussant un petit soupir qui provoqua l'hilarité de l'abbé de Choisy.

— Voilà le bonhomme qui rêve, dit le marquis de Sévigné.

— Mon histoire l'a endormi, sans doute, reprit Roquelaure avec un air modeste : — je raconte si mal.

— Trêve de railleries, messieurs, interrompit froidement le marquis de Louvois. Nous ne sommes pas ici pour dire des gentillesses. — Avez-vous trouvé quelque chose, marquise? — Il faut tirer un parti triomphant de cette aventure.

Madame de Montespan réfléchissait le front dans les mains.

— Je ne vois qu'un moyen, dit-elle lentement; — il est usé, mais les vieux moyens sont toujours les meilleurs : — il faut écrire au roi.

— Fort bien! dit M. de Louvois; qui se charge de ce soin?

— Le roi connaît nos écritures à tous, fit observer M. de Mazarin.

— C'est juste, dit-on à la ronde.

— Parbleu! messieurs, s'écria Roquelaure, j'ai votre affaire! — Qu'on réveille cette marmotte de la Fontaine, il écrira tout ce qu'on voudra, sans en comprendre le premier mot.

La marquise regarda la compagnie, comme pour la consulter des yeux.

— Hum! c'est dangereux, dit le marquis de Louvois; — pour ma part, je n'ai nulle confiance en sa bêtise.

— On voit bien, marquis, reprit Roquelaure en se levant, que vous ne vous êtes jamais amusé à lui faire manger de la chandelle rance, en guise de beurre frais. — Laissez-moi faire, je prends tout sur moi!

— Mais... dit encore le marquis.

— Pardieu! je vous le donne à l'épreuve; parions cent louis que je lui fais écrire qu'il est un imbécile.

— Je vous donne carte blanche, duc, dit la marquise après une courte hésitation. Faites comme vous l'entendrez.

Roquelaure secoua rudement le bonhomme.

— Mon cher monsieur de la Fontaine, lui dit-il, je vous demande pardon de troubler votre somme, mais j'ai un service à vous demander. —

Vous plairait-il écrire quelques lignes sous ma dictée?

— Je suis à vos ordres, monsieur le duc, répondit la Fontaine avec force salutations ; c'est moi qui vous dois mille excuses... de ne vous avoir pas plus tôt aperçu.

Roquelaure poussa devant lui un petit pupitre de Boule, et, lui mettant la plume dans la main :

— Y êtes-vous? demanda-t-il en se retournant vers les assistants muets et attentifs.

— M'y voilà ! répondit la Fontaine.

— Je commence, dit le duc.

    « Ma chère âme,

« Je ne pourrai vous aller voir ce soir, ainsi « que je vous l'avais promis ; ne vous étonnez pas « trop de recevoir cet avis, écrit d'une main étran- « gère ; mais, M. de la Fontaine, qui veut bien me « servir de secrétaire, est si bête, qu'il ne com- « prend pas même le sens de ce qu'il a l'hon- « neur de vous écrire. »

Roquelaure regarda la compagnie d'un air triomphant. La Fontaine avait écrit sans broncher, répétant machinalement le dernier mot de chaque phrase.

Le marquis de Louvois resta confondu.

— A une autre ! reprit Roquelaure avec une aisance parfaite. — J'ai résolu d'abuser de vous ce soir, mon cher fabuliste.

Et il dicta au milieu d'un silence profond :

« On vous trompe, sire : la créature que vous
« avez comblée de vos faveurs, et pour l'amour
« de laquelle vous avez compromis votre dignité
« royale, reçoit chaque soir, dans ce château,
« qu'elle tient de votre bonté, un vil aventurier
« dans les bras duquel elle se console de la
« honte d'avoir été à vous. — Laisserez-vous ce
« crime impuni ? »

Le silence était tel, qu'on eût, pour ainsi dire,
entendu voler *une mouche*. — Chacun attendait
avec inquiétude.

Roquelaure prit le billet. — Je vous suis mille
fois obligé, monsieur de la Fontaine, dit-il en le
pliant tranquillement, et je vous prie d'en user
avec moi comme vous faites avec vos amis.

— C'est trop de bonté, monsieur le duc, répondit la Fontaine en recommençant ses salutations.

— Levons le siége, dit M. de Roquelaure en se
retournant vers la compagnie, la place est prise !

— Demain, dit le marquis de Louvois, le roi
trouvera ce billet sur la table du conseil.— Adieu,
marquise, dormez tranquille ! — C'est la Providence qui vous a amené ce soir, mon cher duc !

— Parbleu ! repondit tout bas Roquelaure en
sortant au bras du marquis, — j'espère que vous
n'oublierez pas la Providence, si nous réussis-
sons.

— Vous serez grand-veneur à la place de Marcillac ; je vous en donne ma parole !

Madame de Montespan resta seule avec la Fontaine.

— Mon cher poëte, je vous garde, lui dit-elle.

— Il est tard et les rues ne sont pas sûres. D'ailleurs, je n'ai point disposé de votre appartement, et vous n'aurez pas grand'peine à vous reconnaître : bonne nuit ! et faites-moi des vers quand vous en aurez le temps.

La Fontaine lui baisa la main et suivit le grand laquais, chargé de le conduire, sans faire la moindre observation.

—Enfin ! murmura madame de Montespan, quand elle fut seule ! Elle est perdue !

III

MACHINATIONS.

Le lendemain, vers dix heures du soir, Marie et Raoul se promenaient sous les grands arbres, dans un silence qu'aucun des deux n'osait interrompre. La journée avait été étouffante et la nuit était embaumée de tièdes senteurs qui montaient au cerveau. Raoul, plus ému que d'habitude, luttait en vain contre les désirs furieux qui lui revenaient ; la passion l'emporta.

— O Marie !... s'écria-t-il en la serrant éper-

7

dument dans ses bras, — as-tu pensé quelquefois
à ce que je souffre pendant nos heures de promenade? Toi qui devais m'appartenir tout entière,
je puis à peine baiser ta main! Serai-je donc le
seul qui ne pourra étancher la soif ardente qui
me dévore!

— Que dites-vous, Raoul?... s'écria-t-elle
tremblante.

— Oh!... je suis un insensé!... je suis un mi-
sérable lâche!... je le sais!... mais pourquoi ne
te le dirais-je pas?... Malgré tout je te désire, et le
tourment de mes nuits vient autant de t'avoir
perdue que de ne t'avoir jamais possédée!...
Veux-tu être à moi? — Marie, dis, le veux-tu?...
J'oublie le passé!... je te couvre de mon amour
comme d'un manteau de vierge!... Nous irons où
tu voudras, vivre seuls!... loin du monde, dans
un pays où personne ne nous connaîtra. Que
m'importent les préjugés? Que m'importe ta
faute? Je t'aime et je t'absous!... Veux-tu?

— Oh! dit Marie à voix basse en essayant de
se dégager de ses bras; — et mon fils, Raoul?...

Il s'arrêta, les lèvres frémissantes, l'œil ardent,
le cœur oppressé...

— Qu'importe?... s'écria-t-il d'une voix sourde
et altérée. — Ton fils sera mon fils!... ta chair est
ma chair, puisque tu vas être ma femme!... Veux-
tu?... Et il l'étreignit avec une force passionnée,
l'enlevant presque de terre, tremblant de fièvre
et de désirs.

Marie était comme mourante : l'haleine ardente
de Raoul courait sur son visage et lui donnait des
frissons vertigineux. Elle se sentait faiblir malgré
que sa volonté résistât encore, et peut-être eût-
elle succombé, si elle n'eût ressenti dans ses entrailles les tressaillements de l'enfant.

— Va-t'en ! va-t'en ! s'écria-t-elle en faisant un
effort désespéré ; — laisse - moi, Raoul !... C'est
impossible !...

Un éclair sauvage illumina l'œil de Raoul.

— Eh bien !... mourez donc tous les deux !...
dit-il avec égarement en la serrant dans ses bras
à l'étouffer.

Marie poussa un cri terrible, un cri de mère,
et retrouva une force surhumaine pour se dégager
et s'enfuir.

Raoul n'essaya même pas de la suivre, et se
laissa tomber de sa hauteur à moitié fou, de douleur et de rage, mordant la terre, arrachant les
mousses et le gazon de ses mains crispées, hale-
tant, épuisé, l'écume aux lèvres.

Marie s'était réfugiée dans sa chambre.

Elle n'était pas encore remise de son trouble
que la Fontaine arriva brusquement, pâle et es-
soufflé.

— Où est-il ? où est-il ? demanda le bonhomme
avec un accent de terreur profonde ; — est-il venu
ce soir ?...

— Mon Dieu ! dit Marie, que venez-vous donc
m'apprendre ?

— Où est-il? répétait la Fontaine sans l'entendre et en proie au plus grand trouble.

— Raoul?... il est venu, je l'ai vu... il vient de partir !

— Ah ! dit la Fontaine en tombant sur un siége, comme soulagé d'un grand poids ;—il est parti?... Quel bonheur !

— Que voulez-vous dire? fit Marie en pâlissant.

Le bonhomme raconta la scène de la veille, et comme quoi, sans s'en douter, il avait servi d'instrument à la vengeance des ennemis de Marie. Vers midi il avait voulu sortir de l'hôtel Montespan; mais on avait déployé tant de ruses pour le faire rester, que sa méfiance s'était éveillée. Il avait réfléchi alors à ce qui s'était passé, et peu à peu la mémoire lui était revenue avec la conscience que Marie courait un grand danger par sa faute. Profitant donc d'un moment de liberté, il avait quitté furtivement l'hôtel sans prendre congé de personne, et avait fait à pied la longue route de Paris à Asnières, pour prévenir une catastrophe.

Il était arrivé à temps.

Marie, vivement touchée de cette preuve de dévouement, lui prit les mains et les serra avec effusion.

— Je vous remercie, dit-elle, mon bon la Fontaine, mais je ne crois guère à ces dangers dont vous parlez. — Ne pensez-vous pas plutôt à une mystification ?

— Ah ! vous croyez? dit-il.— Au fait, c'est peut-

être vrai ! — ces messieurs auront voulu rire de
moi... En tout cas, vous êtes avertie, et je vous ai
tout confessé.

— N'en parlons plus! dit Marie; — je suis hor-
riblement triste, ce soir; n'avez-vous pas quelque
chose de gai à me raconter?

— Voulez-vous que je vous dise l'*Oraison de
saint Julien?* c'est le dernier fait de mes contes.

— Volontiers! dit Marie.

La Fontaine s'étendit à ses pieds sur le tapis,
et commença sa galante histoire.

Un grand bruit se fit entendre tout à coup, et
Marie s'élança vivement dans le salon bleu, qui
précédait sa chambre à coucher.

Elle se trouva face à face avec le roi.

Louis XIV était pâle de colère; il vint droit à
elle, et d'une voix terrible :

— Un homme est ici, madame! — Où est cet
homme?...

— Sire!... je vous jure!...

— Place! dit le roi violemment en ouvrant la
porte de la chambre.

La Fontaine était toujours assis sur le tapis, te-
nant en main le manuscrit de son conte.

A sa vue, le roi recula stupéfait. Il n'avait jamais aimé la Fontaine; mais il ne pouvait lui faire
l'honneur de le supposer son rival.

— Vous! s'écria-t-il; c'est vous, monsieur le
fabuliste?... Eh! que diable faites-vous ici, à cette
heure?

7.

— Vous le voyez, sire, dit la Fontaine en se levant respectueusement ; je lis des vers à madame la duchesse.

— Voyons ces vers, dit Louis XIV, qui commençait à trouver sa position et sa colère ridicules.

Il essaya de les lire ; mais la colère mal calmée troublait sa vue.

— Madame, dit-il à Marie qui était restée debout pâle et digne, — pardonnez-moi mon inconvenance. J'ai été victime d'une intrigue, et ceci me prouve que vous avez à ma cour des ennemis bien acharnés ; — disposez de moi, et fixez vous-même la réparation qui vous est due.

— Quelle réparation puis-je demander à Votre Majesté, lorsqu'elle me rend elle-même justice ? dit Marie. — Je plains mes ennemis, si j'en ai, voilà tout !

— Vous êtes un ange ! dit le roi en déposant un baiser sur sa main ; je veux cependant que vous me demandiez quelque chose, pour vos amis, du moins, car vous devez en avoir de dévoués.

— Eh bien ! — dit Marie, que Votre Majesté lève l'interdit qui éloigne M. de la Fontaine de l'Académie française ; — cela me rendra bien heureuse.

Le roi fit la grimace.

— J'ai donné parole à Despréaux pour la prochaine vacance, dit-il ; mais je vous jure que votre protégé passera immédiatement après lui.

La Fontaine se confondit en remercîments.

— Maintenant que la paix est faite, dit le roi, M. de la Fontaine voudra bien achever sa lecture, je pense? — Qu'il fasse comme si je n'étais pas là.

IV

La colère fut grande à l'hôtel Montespan lorsqu'on apprit le résultat de la lettre anonyme. Le duc de Roquelaure fut accablé de reproches piquants sur ce qu'on appelait *son équipée de haute politique.*

— Je l'avais bien prévu, dit le marquis de Louvois; — fiez-vous encore à ces prétendus imbéciles!

Madame de Montespan était la plus irritée, comme cela se comprend. Cette malheureuse tentative avait redoublé la confiance du roi, et elle se sentit perdue à tout jamais; car, avant peu, Marie allait être mère, mère à vingt ans, dans la splendeur de sa jeunesse et de sa beauté.

Une infernale pensée domina bientôt la marquise; elle résolut de l'emporter, même au prix d'un crime; seulement, elle ne voulut, cette fois, associer personne à ses projets de vengeance.

Madame de Maintenon s'était petit à petit retirée d'elle, et continuait son travail souterrain avec l'aide du père la Chaise.

L'abbé de Choisy et le marquis de Sévigné avaient fait le pèlerinage d'Asnières pour faire leur paix avec la favorite.

Madame de Fontanges ne chercha pas à mettre à profit son triomphe; plongée dans une tristesse profonde depuis la disparition de Raoul, elle s'épuisait en conjectures et en démarches pour savoir ce qu'il était devenu.

La Fontaine, de son côté, déployait une activité inouïe dans le même but; mais tout fut inutile; il fut impossible de retrouver la trace du jeune homme.

L'automne arriva, et avec lui le terme de cette grossesse laborieuse qui avait résisté à tant d'émotions diverses. Marie chargea la Fontaine de lui procurer un chirurgien habile.

Le bonhomme revint le lendemain avec une espèce d'Italien nommé Farinello-Vanelli, venu en France sous le cardinal de Mazarin, et qui l'avait saigné gratis, quelques années auparavant, dans une de ses longues maladies.

Ce Vanelli était un homme adroit, savant et cupide, qui avait vingt fois manqué sa fortune, et qui l'aurait faite vingt fois, cent ans plus tôt, au beau temps des Médicis. Il était déjà vieux, et n'avait plus qu'un désir : retourner à Bologne, sa patrie, et devenir recteur de son université.

La marquise de Montespan, à l'affût des occasions, le fit appeler par une personne sûre.

Que se passa-t-il entre eux? nul ne peut le dire, car ils s'enfermèrent seuls dans un cabinet écarté; seulement on remarqua, et depuis on s'en est souvenu, que la marquise avait, en le quittant, l'air rayonnant, et que l'Italien paraissait enchanté de cette entrevue. A huit jours de là, il revint un soir mystérieusement; la marquise l'attendait sans doute, car elle lui ouvrit elle-même.

— Eh bien? demanda-t-elle brièvement et à voix basse.

— C'est fait, madame! — l'enfant est superbe!

Un éclair jaillit des yeux de la marquise.

— Tenez! dit-elle en lui donnant une lourde bourse; — si vous ne m'avez pas trompé, vous serez, avant six mois, premier médecin de Sa Majesté!

L'Italien se retira en saluant profondément, et la marquise, restée seule, fit quelques pas en chancelant dans sa chambre.

— Eh bien! se demanda-t-elle en portant la main à sa poitrine, — que veut dire ceci?... est-ce que j'aurais peur?... Comme mon cœur bat!

A PORT-ROYAL.

L'Italien tint cruellement parole.

Trois mois après ses couches, Marie-Angélique, lentement minée par un mal inconnu, demanda au roi la permission de se retirer à Port-Royal ; elle sentait la mort venir, et voulait au moins mourir dans une pieuse retraite, loin de la cour et du bruit de ses fêtes. Le roi lui accorda d'autant plus volontiers cette permission, qu'il ne dissimulait plus sa répugnance pour cette pauvre femme, amaigrie par la maladie. Dès cette époque, il commençait à subir l'influence de la marquise de Maintenon, femme supérieure, dévote rigide en apparence et en même temps habile à exciter ses désirs et à les irriter par des résistances calculées. Madame de Maintenon recueillait l'héritage de madame de Montespan, sans avoir payé les frais de la guerre.

La Fontaine suivit Marie à Port-Royal. Le bonhomme s'était attaché à elle d'une façon singu-

lière, et son devouement ne se démentit pas, malgré les assauts qu'il eut à soutenir en matières
religieuses avec Racine et Boileau, qui venaient
souvent voir leurs amis les *solitaires*. Le roi en-
voyait tous les jours savoir des nouvelles de la
malade, et, trois fois par semaine, le duc de la
Feuillade venait s'informer, en personne, de sa
santé.

Dans cet isolement, et au milieu de tant de
douleurs, le sentiment religieux se réveilla chez
Marie avec une grande puissance. Elle comprit
que Dieu seul pouvait apporter quelque soulage-
ment à ses peines et changer sa désolation en espérances. Elle fit demander l'abbé de la Chaise,
et versa dans son sein ses remords et ses terreurs,
le suppliant de prier Dieu pour elle, pécheresse
et repentante comme Madeleine.

Une seule chose troublait ses longues nuits d'in-
somnie, c'était le souvenir de Raoul. Depuis cette
soirée fatale, où la passion l'avait en quelque sorte
rendu fou, Raoul avait disparu, et toutes les recher-
ches faites pour connaître son sort avaient été
inutiles. Il avait sans doute quitté Paris, car personne ne l'avait plus rencontré dans les lieux où il
allait d'habitude. C'était, pour Marie, une douleur
réelle.

— Mon Dieu! disait-elle quelquefois, ne me
faites pas mourir sans le revoir!

Trois mois encore s'écoulèrent ainsi. Marie
était devenue l'ombre d'elle-même; sa pâleur était

effrayante ; le sang s'était retiré des extrémités, et ses mains amaigries étaient presque diaphanes ; seuls ses yeux avaient conservé un éclat étrange.

Le 27 juin 1684, sentant sa fin proche, elle chargea le duc de la Feuillade de prier le roi de la venir voir une dernière fois.

Louis XIV se souciait peu du spectacle de cette agonie, autant par égoïsme que par crainte des remords. Mais madame de Maintenon dit au Père la Chaise :

— Croyez-moi, engagez Sa Majesté à se rendre à cette invitation. La vue de cette femme ne peut lui être que salutaire. Il comprendra bien mieux le néant des amours terrestres !

Le roi vint le lendemain dans la matinée.

En entrant dans la chambre, son premier mot fut :

— Oh ! qu'il fait chaud ici, quelle odeur !

Marie se souleva comme un spectre.

— C'est l'odeur de la mort, sire ! dit-elle d'une voix sinistre. Voilà ce qu'est devenue celle que vous avez aimée malgré elle et malgré la sainteté de ses serments ! Je ne vous maudirai pas, à cette heure dernière ; mais j'ai voulu que vous me vissiez en l'état où je suis ! Sans vous, je serais encore pleine de jeunesse et de vie ! Je pourrais sourire à ce soleil, impuissant aujourd'hui à réchauffer mon sang glacé. Que m'avez-vous donné en échange de tout ce que vous m'avez ravi ? Croyez-vous encore qu'avec de l'or tout puisse se payer ?

8

Quel est alors celui qui vous vendra ma résurrection?

Le roi devint pâle, et involontairement recula au pied du lit.

— Oh! dit Marie avec un geste lent et pénible, — n'ayez pas peur! Dieu m'est témoin que je vous ai pardonné comme chrétienne. Écoutez seulement, sire, puisque Dieu m'accorde encore assez de force pour exprimer mes dernières volontés.

Elle s'arrêta un moment, épuisée par l'effort qu'elle venait de faire.

Le roi lui répondit d'une voix basse et émue :

— Parlez, madame, je promets de faire ce que vous désirerez.

— Eh bien! reprit Marie, il est dans le monde un homme que j'ai aimé uniquement, et dont je devais porter le nom. — Quand je serai morte, je veux qu'on ouvre ma poitrine et qu'on en retire mon cœur, qui est à lui aujourd'hui comme autrefois. J'ignore en quel lieu Raoul cache son désespoir. Mais vous pouvez tout, sire; jurez-moi que vous lui ferez parvenir ce triste gage... Le jurez-vous?

— Je le jure! dit le roi sourdement, en proie à une émotion pénible.

— Je puis donc mourir, maintenant! murmura Marie en retombant sur ses oreillers, presque inanimée.

Le roi sortit vivement pendant qu'on s'empressait autour d'elle.

— Qu'avait-on besoin de me faire voir cela? disait-il en remontant en carrosse, la figure décomposée et le cœur serré. . . . . . .

Au bout d'une heure, Marie reprit connaissance.

— Mon fils ! demanda-t-elle d'une voix faible.

Une femme apporta l'enfant endormi dans ses langes.

La pauvre mère le regarda longtemps en silence.

— Hélas ! murmura-t-elle, il faut que je te quitte avant de t'avoir vu sourire !... Pauvre enfant !... tu n'auras jamais connu ta mère, et peut-être un jour maudiras-tu son nom !...

Ses yeux secs se remplirent de larmes, et étendant lentement la main sur le front de l'enfant :

— Je te bénis ! dit-elle. Que Dieu te donne tout le bonheur qu'il m'enlève ! j'ai expié ta naissance par d'assez cruelles douleurs !...

Le roulement lointain d'une voiture se fit entendre.

Marie se redressa avec énergie, et portant la main à son cœur :

— Oh ! s'écria-t-elle avec ravissement, — le voilà !... le voilà !...

— Qui ? demanda doucement la Fontaine.

— Raoul !... dit Marie. — Il revient !... O merci, mon Dieu !...

La porte s'ouvrit brusquement, et un jeune homme vint tomber au pied du lit, avec un cri étouffé.

C'était Raoul.

— Toi!... c'est bien toi! répétait Marie... Pour-quoi es-tu venu si tard?... Raoul!... Je bénis Dieu d'avoir pu te revoir!... si tu savais comme j'avais peur de mourir sans t'avoir vu!... qu'es-tu devenu pendant tout ce temps, et qui t'a dit de revenir à cette heure?

— Marie! Marie!... disait Raoul en sanglotant.

--- Tu pleures? reprit-elle de sa voix la plus douce. — Pourquoi pleures-tu?... réjouis-toi, au contraire! Voici la mort qui vient me délivrer et me purifier en même temps! Je pars, Raoul, mais tu me retrouveras là-haut, digne de toi, et Dieu nous rendra en félicités éternelles ce qu'on nous a ravi de ce pauvre bonheur d'ici-bas!

Elle était, en quelque sorte, redevenue belle en ce moment : son œil brillait, et le sang était re-monté à ses joues pâlies; on eût dit que son âme, prête à s'envoler, rayonnait une dernière fois sur son visage.

Raoul la considérait avec une douleur mêlée de respect.

— Marie! dit-il enfin après un silence. — Par-donne-moi ma longue absence. — Je te rapporte le pardon de ton père.

Elle tressaillit et leva les mains au ciel avec une expression de reconnaisance suprême.

— Que vous êtes bon! mon Dieu! fit-elle fai-blement.

A ce moment l'enfant s'éveilla et se prit à vagir dans les bras de sa nourrice.

Raoul se releva en sursaut.

— Ton fils? c'est ton fils? s'écria-t-il en tremblant.

— Oui, dit Marie tristement ; et elle laissa retomber sa tête sur sa poitrine.

— Oh! répéta Raoul en attirant l'enfant à lui par un mouvement passionné et en le regardant longuement avec une émotion profonde. — Son fils!... son fils!...

L'enfant, apaisé, se rendormit doucement.

Raoul retomba au pied du lit.

— Marie! dit-il d'une voix sourde en lui prenant la main avec force ; entends ma dernière prière... Je t'ai aimée, je t'aime encore, Marie, au delà de toute expression... je n'ai jamais aimé que toi, et je sens que, vivante ou morte, tu seras mon seul amour ici-bas... Ecoute-moi donc, Marie : j'ai à te demander une grâce, moi qui n'ai jamais eu de toi qu'un baiser d'amour et des larmes de pitié!...

Marie essaya de répondre ; mais elle ne put que serrer silencieusement la main de Raoul.

— Tu as un fils, Marie, reprit celui-ci avec une véhémence croissante ; que va devenir ton fils après toi?... qui l'aimera?... qui lui apprendra à t'aimer, à respecter ta mémoire? ô Marie!... Marie!... Donne-moi ce fils de tes entrailles... je serai son père, je t'aimerai encore en lui, et je

l'aimerai pour l'amour de toi!... Donne-le moi!
je te jure d'en faire un homme! Pourquoi me le
refuserais-tu? n'ai-je pas assez souffert, assez
pleuré, depuis la nuit de nos fiançailles?... n'ai-
je pas acheté assez cher le triste privilége que je
demande?... Réponds, Marie, consens-tu?

Elle fit un effort désespéré et parvint à se sou-
lever encore une fois. Une joie surhumaine
rayonnait sur son visage... Elle étendit les mains
vers Raoul, et d'une voix distincte à peine :

— Merci, Raoul! dit-elle:.. Je te le donne!...
un jour je te demanderai compte de son bonheur!... Merci!...

Raoul oubliant le lieu, les gens qui l'entouraient, l'état même de Marie, l'enlaça énergique-
ment dans ses bras, et imprima un baiser violent
sur ses lèvres.

— Oh! Raoul! murmura Marie en jetant ses
bras autour de son cou et en appuyant à son tour
ses lèvres blêmies sur les lèvres ardentes du jeune
homme.

— Oh! mon amour!...

Raoul poussa un cri terrible... L'âme de Marie
venait de s'envoler dans ce dernier baiser.

—Marie! s'écria-t-il en retombant à genoux en
sanglotant; — je renoue avec toi mes fiançailles!... Tu seras mon épouse pour la vie, mon
épouse vivante, malgré la mort, malgré la tombe!

La Fontaine, pleurant aussi de son côté, ferma
pieusement les yeux de la morte.

— Adieu! dit-il, triste victime!... Je vous ai bien aimée, et je garderai toujours votre souvenir!

Raoul se releva tout d'un coup avec égarement:

— Mon fils?... où est mon fils? demanda-t-il d'une voix brisée.

On apporta l'enfant, il le prit dans ses bras, s'approcha du lit, et une dernière fois appliqua ses lèvres sur le front glacé.

— Adieu! dit-il, adieu Marie-Angélique!... chère morte! adieu! prie Dieu maintenant pour ton fils et pour moi!...

Et, sans prononcer une autre parole, il disparut rapidement avec l'enfant, sans qu'on songeât même à l'arrêter.

. . . .

Les obsèques de Marie eurent lieu le lendemain. L'autopsie de son corps ne laissa aucun doute sur les causes de cette mort prématurée. Son corps fut transporté à l'abbaye de Chelles, où elle avait une parente abbesse. Le roi ne versa pas une larme sur elle.

La Fontaine, vivement impressionné par le spectacle de cette mort, revint souvent à Port-Royal causer de choses religieuses avec les savants solitaires, et prépara ainsi peu à peu sa conversion qui eut lieu deux ans plus tard, par les soins du père Pouget.

Il mourut couvert d'un cilice.

La marquise de Montespan finit par renoncer

aux intrigues de cour, tournant toutes au bénéfice de madame de Maintenon, qui finit par épouser le roi en secret. — Vanelli se retira à Bologne où il vécut honorablement. Le vieux Jean de Scorailles mourut un an, jour pour jour, après la mort de sa fille : le grand vieillard était devenu muet, presque aveugle et courbé en deux par la douleur et la honte, bien plus que par l'âge.

Quant à Raoul et au fils de Marie-Angélique, nul n'a su depuis ce qu'ils étaient devenus.

Le château de Scorailles fut détruit en 1793, et ses débris viennent d'être achetés par la bande noire de l'Ouest.

ÉPILOGUE.

Aujourd'hui, le château d'Asnières est un restaurant élégant, et les arbres du parc abritent les danses parisiennes deux fois par semaine.

Les reines éphémères du Château des Fleurs et de Mabille viennent y révéler les merveilles d'une corégraphie nouvelle; les jeux de toutes sortes : escarpolette, jeu de bague, billard chinois, roulette à macarons, tir au pistolet, tir au pigeon, tir à la carabine, et bien d'autres que j'oublie s'y trouvent réunis et rivalisent de tapage. L'orchestre est des meilleurs et l'illumination est vraiment féerique. Pour tout dire, en un mot, il n'est pas un jardin public où se trouve plus complétement le bagage frelaté des joies modernes.

La laiterie est déserte, et ses fenêtres fermées moisissent sur leurs gonds rouillés; mais, comme autrefois Raoul et Marie-Angélique, des couples enlacés viennent chaque soir chercher un asile sous les ombrages sombres qui l'entourent.

Le château, en revanche, est éclatant de lumières de la base au sommet; on boit et l'on fume sur le perron, et les gens délicats retiennent à l'avance la chambre de mademoiselle de Fontanges pour les soupers choisis.

C'est en vain que vous rechercheriez au milieu de ce bruit un souvenir des choses passées, personne ne s'inquiète de savoir l'histoire de ce joyeux château qui folâtre aux portes de Paris. L'indifférence est si grande, que nul ne s'est aperçu que sur l'affiche hebdomadaire, ces mots : *Ancien domaine de Louis XV*, ont été rectifiés par ceux-ci : *Ancien domaine de Louis XIV*; et, en effet, qu'importe à la jeunesse de ce temps?

Je suis retourné plusieurs fois à Asnières depuis ma première visite, et peut-être n'eussé-je jamais écrit ce livre sans un événement dont je fus témoin l'an dernier et qui me reste à raconter.— C'est un chapitre douloureux de plus à ajouter à cette trop douloureuse histoire : — le voici dans sa simplicité cruelle.

C'était, si je ne me trompe, le 20 juin. La fête était des plus brillantes, et l'on venait de tirer le feu d'artifice. J'avisai, attablé dans la petite chambre dorée, de compagnie avec quelques femmes, un jeune homme fort débraillé, mais dont l'élégance et la distinction me frappèrent.

Il faisait grand tapage, buvant à pleins verres,

rudoyant les garçons et mettant l'office au désespoir par l'impossibilité des plats qu'il demandait.
Je m'arrêtai malgré moi, à plusieurs reprises, en
passant et repassant devant les croisées ouvertes.

C'était un jeune homme de vingt-trois à vingt-
cinq ans à peine, d'une physionomie singulièrement mobile, énergique et douce tout à la fois.
Des cheveux d'un blond ardent, des yeux bleus,
bordés de grands cils noirs, et une légère mous-
tache brune ombrageant la lèvre supérieure for-
maient un tel contraste, qu'il était impossible de
ne pas être frappé de la bizarrerie de cette tête.
Il avait des dents superbes, les mains fines, déli-
cates, petites et effilées, et un pied à rendre une
femme jalouse.

Il était vêtu avec une grande élégance, mais
sans recherche, et portait avec une aisance parfaite cet odieux habit noir que si peu de gens par-
viennent à porter d'une façon convenable.

Je le regardai sans rien dire, assez longtemps,
puis je me perdis dans la foule, ne voulant pas
être accusé d'indiscrétion.

Une demi-heure après, je revenais attiré par un
grand bruit de vaisselle cassée, d'éclats de voix et
de violentes apostrophes. Plus de cinq cents personnes se pressaient au dehors avec une curiosité
avide.

— Qu'est-ce qui se passe ? demandai-je à un
voisin.

— Je ne sais, me répondit-il d'un ton d'indiffé-

rence complète. Il paraît que c'est un monsieur
qui vient de consommer un souper de quinze à
vingt louis, et qui n'a pas le premier sou pour le
payer.

— C'est lui, j'en suis sûr! pensai-je tout de
suite, et je me dégageai de la foule toujours croissante, m'en voulant presque de m'être pendant
quelques instants intéressé à un aventurier de
bas étage, comme devait l'être le héros de cette
scène scandaleuse.

Au moment où j'allais sortir du parc, une cla-
meur se fit entendre, et je reconnus mon jeune
homme, plus débraillé que jamais, tête nue, pâle
et tremblant de colère, se dirigeant vers les voi-
tures, au bras de deux sergents de ville.

Je n'oublierai jamais l'air de fierté pleine de
mépris avec lequel il regarda la foule stupide qui
le suivait. L'intérêt que je lui avais porté tout
d'abord se réveilla plus vivement, et je suivis
comme les autres.

Au moment de monter en voiture, le jeune
homme jeta autour de lui un coup d'œil rapide; le
chemin était encombré de monde; seul, le bord
étroit de la rivière était désert.

D'un bond il s'élance, après avoir rudement repoussé ses gardiens stupéfaits, et se mit à courir
avec une agilité merveilleuse.

La foule se rua à sa poursuite avec un acharne-
ment inconcevable.

Quand il vit que l'avance allait lui être coupée

il s'arrêta, et, lançant avec un regard plein de haine une malédiction suprême à la foule haletante, il se précipita résolûment dans la Seine, grossie par des pluies récentes.

Un cri immense se fit entendre : en quelques secondes, vingt bateaux démarèrent et poursuivirent l'audacieux fugitif; mais la recherche fut vaine, et chacun revint vivement impressionné de cette scène et du mystère qui enveloppait l'inconnu.

— C'est un grec, disaient les uns.

— C'est un escroc, disaient les autres.

— C'est un malheureux ! disait tout le monde.

Le lendemain on lisait dans la *Patrie* le fait-Paris suivant :

« Ce matin des pêcheurs d'Asnières ont retiré « de la Seine, un peu en amont du pont, le ca-« davre d'un jeune homme de vingt-cinq ans à « peu près. Sa mise était recherchée et la finesse « de son linge, extrême; il portait au petit doigt « une bague singulière et qui peut bien remonter « à cent cinquante ou deux cents ans, s'il faut en « juger par la forme et le travail. On n'a trouvé « sur lui aucun papier qui pût le faire recon-« naître; seulement dans un petit portefeuille en « cuir de Russie se trouvaient une mèche de che-« veux noirs et quelques cartes de visites à ce « nom : *Raoul de Fontanges.*

« Rien ne prouve du reste que le portefeuille « appartint au noyé.

9

« Le corps a été transporté à la Morgue, per-
« sonne ne s'étant présenté pour le réclamer. »

Je relus deux fois de suite ce triste article né-
crologique, en proie à une émotion réelle. Je ne
doutai pas un instant que ce jeune homme ne fût
l'arrière-petit-fils de la malheureuse duchesse.
Par quelle étrange fatalité était-il venu trouver la
mort dans ce même lieu où son aïeul avait été
conçu?... et quelle mystérieuse puissance lui
avait fait faire sa dernière orgie dans cette même
chambre où sa triste grand'mère avait tant pleuré
sur sa honte?...

FIN.

TABLE.

DU

SOIR AU MATIN

SCÈNES

DE LA VIE MILITAIRE

PAR A. DU CASSE.

1 volume in-8. — Prix : 5 fr.

————◦◦————

GRAZIELLA

PAR A. DE LAMARTINE

Un volume format Cazin. — Prix : 1 fr.

————◦◦————

POLOGNE ET RUSSIE

PAR J. MICHELET.

Un vol. in-18. — Prix : 60 centimes.

————◦◦————

LES CONTES DE NICOLAS

PAR JULES DE LA MADELEINE.

Un volume format anglais. — Prix : 3 fr. 50 c.

LÉGENDES FRANÇAISES.

BERNARD PALISSY

LE POTIER DE TERRE

PAR ALFRED DUMESNIL.

Un volume in-18. — Prix : 50 centimes.

RABELAIS

. PAR EUGÈNE NOEL.

Un volume in-18. — Prix : 50 centimes.

SOUVENIRS D'ASNIÈRES

MADEMOISELLE DE FONTANGES

ROMAN D'AMOUR

PAR A. D'AUGEROLLES.

Un fort joli volume in-18. — Prix : 1 fr.

FOYERS ET COULISSES

PAR JACQUES ARAGO.

Un volume in-18. — Prix : 50 cent.

Paris. — Imp. Simon Raçon & Cⁱᵉ, rue d'Erfurth, 1.

LIBRAIRIE NOUVELLE

Boulevard des Italiens, 15, en face la Maison dorée.

ŒUVRES LITTÉRAIRES
DE NESTOR ROQUEPLAN

REGAIN

LA VIE PARISIENNE

LES VIEILLES FEMMES — LES FEMMES SÉCHÉES — LES PIGEONS
LES TOURTES — LES PIANISTES SOLITAIRES
LES PETITS MÉNAGES — LES GOÛTERS DE MONDE

LES COULISSES DE L'OPÉRA

LES CHOSES QUI N'EXISTENT PLUS — LE POINT D'HONNEUR
LES COMIQUES — LES MASCARILLE — LES EAUX ANGLAIS
LES FÉES — LES PASTORALES
L'ÉTAT DE L'OPÉRA — LA LITTÉRATURE DES AFFICHES DE MODE

LES SPECTACLES D'ÉTÉ
IMPRESSIONS DE VOYAGE

Les Œuvres littéraires de Nestor Roqueplan paraîtront en deux
volumes grand in-18. Le premier volume est en vente.

Prix du volume : 3 fr. 50 c.

Paris. — Imp. Simon Raçon et Cie, rue d'Erfurth, 1.

www.ingramcontent.com/pod-product-compliance
Lightning Source LLC
Chambersburg PA
CBHW071104260626
47162CB00006B/2199